很难相信一个灵魂会死于
如此慷慨无私的光芒，
或去怀疑某处有一只敏锐的眼睛
仍注视着底下众人的行为，
一个严厉的声音质问着圣人
为何他们要如此戏耍我们。

It's hard to believe a spirit could die
Of such generous glow,
Or to doubt somewhere a bird-sharp eye
Still broods on the capers of men below,
A stern voice asks the Immortals why
They should plague us so.

桂冠诗人诗选

尼古拉斯·布莱克 桂冠推理全集

The Worm of Death

夺命蠕虫

尼古拉斯·布莱克——著
杨永春——译

上海文艺出版社
上海故事会文化传媒有限公司

尼古拉斯·布莱克桂冠推理全集（全16册）
编委会

总策划：夏一鸣

主　编：黄禄善

副主编：陶云韫

编辑成员
（按姓氏笔画为序排列）

丁娴瑶　王　琦　田　芳　吕　佳　朱　虹　孟文玉

赵嫒佳　夏一鸣　陶云韫　黄禄善　曹晴雯　彭元凯

名家导读

提起英国黄金时代侦探小说的代表性作家，很多人马上就会想到阿加莎·克里斯蒂（Agatha Christie, 1890-1976）。确实，这位昔时光顾伦敦侦探俱乐部的"常客"，自出道以来，累计创作悬疑探案小说81部，总销售量近20亿册，是地地道道的"侦探小说女王"。不过，在当时的英国，还有一位男性侦探小说家，其创作才能一点也不亚于阿加莎·克里斯蒂，只不过他的身份比较显赫，甚至有点令人生畏。尼古拉斯·布莱克（Nicholas Blake, 1904-1972），这个生于爱尔兰、长于伦敦、后来活跃在诗坛的"怪才"，不但拥有牛津大学和哈佛大学教授、英国桂冠诗人、大不列颠功勋骑士、战时宣传口掌门、左翼社会活动家等多种显赫身份，还在出版大量彪炳史册的诗歌集、论文集、译著的同时，客串侦探小说创作，成就十分突出。说来让人难以置信，他创作侦探小说的原因竟然是囊中羞涩，无法支付居住已久的房屋的维修费。在给自己的诗友、同为桂冠诗人的斯蒂芬·斯潘德（Stephen Spender, 1909-

1995）的信中，他坦言，因为担心失业，一直想写些可以盈利的书。于是，一套以"奈杰尔·斯特雷奇威"（Nigel Strangeways）为业余侦探主角的悬疑探案小说诞生了。

该套小说共计16部，始于1935年的《罪证疑云》（*A Question of Proof*），终于1966年的《死后黎明》（*The Morning after Death*），陆续问世后，均引起轰动，一版再版，畅销不衰，并被译成多种文字，风靡欧美多地。直至今天，这套作品依然作为西方犯罪小说的经典被顶礼膜拜。《纽约时报》《泰晤士报文学增刊》《每日电讯》等数十家报刊连篇累牍地发表评论，称赞这套小说是西方侦探小说的"杰作"，"值得倾力推荐"。知名小说家伊丽莎白·鲍恩（Elizabeth Bowen）说，尼古拉斯·布莱克"拥有构筑谜案小说的非凡能力"，"在英国侦探小说史上独树一帜"。当代著名评论家尼尔·奈伦（Neil Nyren）也说，尼古拉斯·布莱克不愧为"神秘小说大师"，"在西方侦探小说从通俗到主流的文学转型中起着重要作用"。[①]

人们之所以热捧尼古拉斯·布莱克，首先在于这套悬疑探案小说构筑了16个扑朔迷离的故事情节。尼古拉斯·布莱克熟谙黄金时代侦探小说的各种创作模式，在他的笔下，既有引导读者亦步亦趋的"谜踪"，又有适时向读者交代的"公平游戏原则"；既有转移读者注意力的"红鲱鱼"，又有展示不可能犯罪的"封闭场所谋杀"。而且，一切结合得十分自然，不留任何痕迹。譬如，该系列的第二部小说《死亡之壳》（*Thou*

---

① Neil Nyren. "Nicholas Blake: A Crime Reader's Guide to the Classics", https://crimereads.com, January 18, 2019.

Shell of Death》，功勋飞行员费格斯不断收到匿名威胁信，断言他将在节日当天毙命。以防万一，费格斯请来了破案高手奈杰尔·斯特雷奇威。然而，劫数难逃，在节日家宴后，费格斯还是神秘死亡。凶手究竟是谁？为何要选择节日当天谋杀他？谋杀动机又是什么？种种线索指向参加节日家宴的、有可能从谋杀中获益的一些嘉宾，其中包括富有传奇色彩的女探险家乔治娅·卡文迪什，她与费格斯来往甚密。与此同时，奈杰尔·斯特雷奇威也开始调查死者费格斯鲜为人知的过去。又如该系列的第四部小说《禽兽该死》(The Beast Must Die)，故事以侦探小说家弗兰克的日记开头，讲述他6岁的儿子突遇车祸，肇事司机逃逸，由此他悲愤交加，展开了追查禽兽的历程。故事最后，复仇者锁定嫌疑人，并潜入嫌疑人家中，准备实施谋杀。然而，当东窗事发，弗兰克却坚称自己无罪。事情真相究竟如何？弗兰克是有罪，还是无罪？奈杰尔·斯特雷奇威依据严密的推理，做出了出乎众人意料的判断。再如该系列的第14部小说《夺命蠕虫》(The Worm of Death)，开篇即以死者之口预告了自身的死亡，设置了"自杀还是谋杀"的悬念。死者名为皮尔斯·劳登，是一个医学博士，他的尸体突然出现在泰晤士河中，全身只穿有一件粗花呢大衣，手腕处还有数道相同的刀伤。奈杰尔·斯特雷奇威奉命介入调查，似乎所有家庭成员都对死者抱有敌意，所有人都有强烈的作案动机，包括深受博士喜爱的养子格雷厄姆，次子哈罗德，还有小女儿瑞贝卡——死者曾坚决反对她与艺术家男友的婚恋。随着调查深入，家中发生的又一起死亡事件陡然加剧了紧张局势。恶意谋杀仍在继续，奈杰尔·斯特雷奇威不得不加快脚步。与此同时，他也在一艘腐烂的驳船上发现了令人毛骨悚然的事实真相。

不过，尼古拉斯·布莱克毕竟是驰骋在诗坛多年的"桂冠诗人"，他在构筑上述扑朔迷离的故事情节的同时，还有意无意地融入了许多纯文学技巧。故事行文优美，引语典故不断，清新、优雅的风韵中又不乏幽默，尤其是在刻画人物的心理和展示作品的主题方面狠下功夫。一方面，《酿造厄运》(There's Trouble Brewing)通过一家酿酒厂里的奇异命案，展现了资本家的贪婪、人性的扭曲和底层劳动者的苦苦挣扎；另一方面，《深谷谜云》(The Dreadful Hollow)又通过偏僻山村一系列匪夷所思的恐怖事件，展示了一幅幅极其丑陋的贪婪、嫉恨、复仇的图画；与此同时，《雪藏祸心》(The Corpse in the Snowman)还通过侦破豪华庄园一起诡异的"闹鬼"事件，反映了二战期间英国毒品的泛滥和上流社会的骄奢淫逸、人性丑陋。最值得一提的是《游轮魅影》(The Widow's Cruise)，该书的故事场景设置在希腊半岛东部的爱琴海上，与阿加莎·克里斯蒂的《尼罗河上的惨案》有异曲同工之妙，两者均通过游轮上一起离奇古怪的命案，揭示了人性的弱点与步入歧途的道德激情。

一般认为，尼古拉斯·布莱克对英国黄金时代侦探小说的最大贡献是塑造了栩栩如生的学者型业余侦探奈杰尔·斯特雷奇威这个人物形象。在他的身上，几乎汇集了之前所有业余侦探的人物特征。他既像吉·基·切斯特顿（G. K. Chesterton, 1874-1936）笔下的"布朗神父"，善于同邪恶打交道，洞悉罪犯的犯罪心理；又像阿加莎·克里斯蒂笔下的"前比利时警官波洛"，在与人的交往中十分随和，富有人情味；还像多萝西·塞耶斯（Dorothy Sayers, 1893-1957）笔下的"彼得·温西勋爵",风度翩翩,敏感、睿智、耿直的外表下蕴藏着几丝柔情。然而,比这些更重要的是,他还像尼古拉斯·布莱克及其几个诗友,温文尔雅,具有牛津大学教育背景,是个学者,以中古时期英格兰和苏格兰诗歌为研究对象,出版有多部相关专著,断案时喜欢"引经据典"。每每,他卷入这样那样的复杂疑案调查,或受朋友之嘱、亲属之托,如《罪证疑云》《雪藏祸心》;或直接听命于警官,如《饰盒之谜》(The Smiler with the Knife)、《谋杀笔记》(Minute for Murder);或路见不平,拔刀相助,如《暗夜无声》(The Whisper in the Gloom)、《游轮魅影》。

如此种种不凡的作者自身形象和人生轨迹,还屡见于小说的场景设置和其他人物塑造。譬如《亡者归来》(Head of a Traveler)和《诡异篇章》(End of Chapter),两部小说均设置了文学领域的疑案场景,而且案情也以"诗歌"为重头戏。前者描述奈杰尔·斯特雷奇威敬仰的大诗人罗伯特·西顿的美丽庄园发生的无头尸案,其人物原型正是尼古拉斯·布莱克昔时崇拜的偶像威·休·奥登(W. H. Auden, 1907-1973);而后者聚焦某出版公司编辑的一部书稿,许多细节描写来自尼古拉斯·布莱克二战期间担任国家宣传口负责人的经历。又如《罪证疑云》和《死后黎明》,两部小说也都以尼古拉斯·布莱克熟悉的校园生活为场景,案情分别涉及英国的一所预备学校和一所以哈佛大学为原型的卡伯特大学,其中,前者的嫌疑人迈克尔·埃文斯的不幸遭遇,与尼古拉斯·布莱克早年在中学从教的经历不无相似。他被指控谋杀了校长的侄子,还与校长的年轻妻子有染。正是这些原汁原味、源于生活又高于生活的描写，使它们被誉为"校园谜案小说的经典"。

自20世纪30年代起，尼古拉斯·布莱克的这套悬疑探案小说被陆续改编成电影、电视和广播剧，有的还被改编多次，如《禽兽该死》，其中包括1952年阿根廷版同名电影和1969年法国版同名电影，后者由克劳德·夏布洛尔（Claude Chabrol, 1930-2010）任导演。出演奈杰尔·斯特雷奇威一角的则分别有格林·休斯顿（Glyn Houston, 1925-2019）、伯纳德·霍斯法（Bernard Horsfall, 1930-2013）和菲利普·弗兰克（Philip Franks, 1956- ）。2018年，迪士尼公司宣布将依据《暗夜无声》改编的电影《知道太多的孩子》列为常年保留剧目。2004年，BBC公司又再次宣布将《罪证疑云》和《禽兽该死》改编成广播剧，导演为迈克尔·贝克威尔（Michael Bakewell）。甚至到了2021年，英国的新流媒体BriBox和美国的AMC还宣布再次将《禽兽该死》改编成电视连续剧，由知名演员比利·霍尔（Billy Howle, 1989- ）出演奈杰尔·斯特雷奇威。

在我国，由于种种原因，尼古拉斯·布莱克的这套悬疑探案小说一直未能译成中文，同广大读者见面，但学界、翻译界、出版界呼声不断。2021年5月，尼古拉斯·布莱克逝世50周年纪念之际，上海故事会文化传媒有限公司的夏一鸣先生慧眼识珠，开始组织精干人马，翻译、出版这套小说。经过一年多的准备和努力，这套图书终于面世。尽管是名家名篇、精编精译，缺点仍在所难免，敬请广大读者不吝指正。

黄禄善

奈杰尔侦探小传

奈杰尔·斯特雷奇威，是推理大师尼古拉斯·布莱克小说中虚构的一位私人侦探。在1935年至1966年间，作为重要角色出现在16部尼古拉斯的小说中。

奈杰尔年轻俊朗，不拘小节，常以苍白凌乱的形象示人。他是智商超群的学霸，却因性格过于叛逆被牛津大学开除。他性格幽默，行动力超强，气质温文尔雅。稚气面容与老道头脑形成戏剧化的反差。奈杰尔周身散发出儒雅的学者气息，在调查过程中，他喜欢借角色之口，引经据典，让人不知不觉靠近他，信任他，将案子交到他的手中。

在系列小说中，奈杰尔的情感故事同样精彩，他的妻子乔治娅是一名探险家，不幸死于闪电战。之后，奈杰尔又邂逅了雕塑家克莱尔。在奈杰尔生命中出现的两位女性，都是具备智慧、勇气、思想的"独立女性"，在古典推理小说中难得一见。

在侦探小说的王国中，奈杰尔这样的侦探形象，可谓独一无二。

人物关系

皮尔斯·兰德龙： 医生
珍妮特： 皮尔斯医生的妻子
詹姆士·兰德龙： 皮尔斯医生的大儿子
哈罗德·兰德龙： 皮尔斯医生的二儿子
莎伦： 哈罗德的妻子
瑞贝卡·兰德龙： 皮尔斯医生的女儿
沃尔特·巴恩： 瑞贝卡的男友
格雷厄姆·兰德龙： 皮尔斯医生的养子
米莉·罗伯森： 格雷厄姆的母亲
奈杰尔·斯特雷奇威： 私家侦探
克莱尔·马辛格： 奈杰尔的女友

目 录

第一章　落幕：未完待续 …………………… 1

第二章　医生家的晚餐 ……………………… 5

第三章　凭空失踪 ……………………………26

第四章　东北风 ………………………………39

第五章　致命伤口 ……………………………51

第六章　7+13=20 ……………………………71

第七章　连锁反应 ……………………………83

第八章　狗岛上的房子 ……………………108

第九章　谎言迷宫 …………………………122

第十章　往事片段 …………………………137

第十一章　裸体与死者……………… 153

第十二章　长筒丝袜……………………… 169

第十三章　古罗马大道………………… 184

第十四章　尸体不知所踪……………… 195

第十五章　沃尔特的烦恼……………… 211

第十六章　走出伤逝……………………… 223

第十七章　船舱淤泥……………………… 235

第十八章　落幕：曲终人散…………… 250

第一章

落幕：未完待续

……好了，他想杀了我。我必须让他杀了我。我已经躺好了，那就是我的结局。我欠他的——或者不如说，欠她的。

我希望，当那一刻来临时（今晚？明天？还是下周），我能咬紧牙关，决不抵抗——殊死搏斗并不体面。可我做得到吗？有意思的是，大家常说"人定胜天"，但在我的经验里，老天每次都会占上风。

我敢说，一切取决于手段。下毒？药房里的毒药足以撂倒我一半的病人。毫无疑问，他想亲眼目睹我断气（正义必须得到伸张，以眼还眼、以牙还牙），这是我们犹太人的血性。他可能会担心我在临终前揭发他,但他并不知道,我已如待宰羔羊般准备好赴死。

还有什么手段呢?子弹、匕首、扼杀、毒气、钝器,或是一把推入河中?手段太多,防不胜防。

我了解他,他的手段必然冷漠狡诈,而且得罪罚相当:这意味着他情感迟钝,心智晚熟,像孩子一样笃信着民间诗篇里说的惩恶扬善。

哦,我的孩子,我们的孩子。

我是否应该恳求他,不为唤醒他的同情(据我留意,他早已铁石心肠),只为他的利益?那会是自取其辱。更糟的是,自取其辱也是徒劳,因为他太过无情。不仅要听他怎么说,还要看他怎么做,怎么看。我在伦敦东南地区算不上出色的出诊医生,但那又怎样?我总能一眼看出疾病的致命之处——人的身体里隐藏着"死亡蠕虫",死神来夺命时,他会率先提起虫子的头颅。现在,我知道了,一个人看到另一个人将死,他会是什么样子——只有受害者才能看见,但大部分受害者压根看不出来。

他现在一心利己,只为利己。这个偏执狂。让他来吧,来毁灭我。

不要被人杀死,但不必为了苟活而苦苦挣扎。[①]

是的,很好笑,也很无畏。但这样做道德吗?为了所谓的正义——

[①] 化用19世纪英国诗人亚瑟·休·克拉夫(Arthur Hugh Clough)的作品《新十诫》中的一个段落。

他和我之间的私人恩怨，眼睁睁让他来杀我，称得上是件好事吗？难道我不应该先保护好自己免受他的伤害，从而保护他免受他自己的伤害吗？伦理上来说，这是一个漂亮的论点。

如果你相信灵魂不灭，相信永恒的诅咒，那么没有问题。可我并不信那些玩意儿。

如果我爱他，爱会向我指明答案。但我显然不爱他：他对我来讲，是一道枷锁，一道美丽却令我几近窒息的枷锁。

无论如何，我究竟该如何保护自己呢？我既不能整日枕戈待旦，也不能每餐都拿去化验啊！

珍妮特对于我的窘境该多么欢欣鼓舞啊！还带着一点罪孽感和复仇感，行善积德，如此等等。不，我不应该嘲弄可怜的珍妮特（毕竟我有一半苏格兰血统）。她已经尽力了：给我钱，给我生孩子，还给我打理屋子，打理得井井有条。

让我直面它吧，我掩饰不住自己的平庸。一个死到临头的男人，不应该再率性而为了。

我在想，等我死了他们会怎么处理我的钱财。詹姆士会存起来，哈罗德会乱花一气，贝姬会嫁给那个不名一文的小丑。那么格雷厄姆呢？他该如何花这笔钱呢？每个人交完遗产税，能分到三万英镑。还没算我的人寿保险赔偿金呢！他们又可以瓜分多出来的八千英镑，除非……

天哪，对了，就这样！我要先发制人。如果我在谋杀发生之前死去（为什么我之前没想到），那么一切迎刃而解。他不用变成杀人凶手就可以伸张正义。古罗马人拔剑自刎来摆脱麻烦，可我没有剑。就算我有，我这么单薄，也会被剑锋弹回来。那么就用佩特罗尼乌斯①那样的享乐主义方法吧，安乐死。是的，这就是答案。

我不认为这是赎罪，我只是为了拯救他。我的意思是，安抚她的游魂。也许对个人的内心安宁来说，赎罪有必要，但对局外人来说，赎罪毫无意义。

---

① 佩特罗尼乌斯，罗马朝臣，因享乐主义而闻名。

第二章

医生家的晚餐

奈杰尔·斯特雷奇威与克莱尔正沿着公园的山坡散步。初春的凉夜，雾气蒙蒙，6点钟的天气预报说，等会儿还有更大的雾。从泰晤士河上传来一声嘶哑的吼叫，就像引发森林喧嚣的野兽咆哮。河面上，小船在阴郁的夜晚谨慎穿行，紧随其后的，是阵阵汽笛、吠叫、气喘吁吁的鼻息与嚎叫。雾色渐浓，各种船只将会挤作一团。

两个多月前，奈杰尔和克莱尔搬到了格林尼治。他们对河上的嘈杂已经很熟悉了，尤其在晴朗的夜晚，这些噪音不知从何而来，却环绕着房子，听起来像立体声音响一样洪亮。而在白天工作时，这些声响就像绵延的背景音乐。

"我喜欢这地方，"克莱尔将手插进奈杰尔的大衣口袋，"我可以在这里工作。"

他们租了一套安妮女王风格的两层楼房，可以俯瞰公园。一楼尽管年代久远，还是很结实，足以支撑上面的石头堆，克莱尔就是对着这些石头雕琢作品的。他们把双人客厅改为一间工作室，又请了一个干练的女佣打扫卫生。女佣名叫爱姆，是一名驳船夫的妻子，长得五大三粗，如同克莱尔雕刻的一尊高过真人的裸女雕像。女佣头一回看见雕像，她后退几步，惊叫道："天啊！那是什么东西？"

"一座裸女石雕。"

爱姆像是看见了什么大自然的奇观，说："这雕像让人毛骨悚然，是吧？上次我这样受到惊吓，是因为我家斯坦带我去看了恐怖电影。"

经过这番胆战心惊的开场白，爱姆不情不愿地拿着鸡毛掸子走进工作室，离任何一尊雕像都远远的。不过她和克莱尔相处得极好：伴随着石片飞溅，她俩聊得眉飞色舞，爱姆大口地吞着茶水。

从爱姆口中，他们听说了一些关于兰德龙医生家的事。

今晚，奈杰尔与克莱尔要和医生一家共进晚餐。皮尔斯·兰德龙医生在这一带行医将近四十年，爱姆说过，"他很可爱，是真正的绅士，千万别胡说八道，当大家都以为我家斯坦要死的时候，是兰德龙救了他。"爱姆有时对医生这个职业嘲笑挖苦，有时又不吝赞美之词。

皮尔斯医生的大儿子，詹姆士·兰德龙，子承父业，也是医生。爱姆却对大儿子不屑一顾，称他是父亲拙劣的替身：他会花一整天去想你是被晒伤还是得了麻风病;他观念新奇;他总是忘记用他父亲的那些"粉瓶"万灵药去治那些风寒病人;他坚持用印刷表格,认为那是一种礼仪,"如果表格上没有整齐的虚线供他剪切,接下去他什么也做不了"。

詹姆士的弟弟,哈罗德,他倒是伦敦的一个人物,和妻子莎伦住在河边的一幢大房子里。说到莎伦,爱姆吞吞吐吐、语焉不详(不催的话倒是能和你讲个没完)。皮尔斯医生还有一个叫格雷厄姆的养子。女儿瑞贝卡现在为父亲管着家。他太太二十年前就去世了。据爱姆说,瑞贝卡"特别钟爱母亲,她母亲是个可怜人"。至于格雷厄姆,在爱姆的印象中,他深藏不露,有点放荡不羁,也是皮尔斯医生的软肋。

在昏黄街灯的照射下,克莱尔的玉兰色肌肤变成了难以置信的淡紫色。透过大雾,一座乔治王早期风格的房子露出外立面。这是克罗姆山和伯尼大街拐角处的两幢房屋之一,外面的木门框都涂着白色。他们进门就看见大厅的镶板、楼梯。瑞贝卡把他们领到了一楼的客厅。

"我的天,这房子真美!"克莱尔惊叹道,她盯着黄色的定制地毯,白色面板上的风景画,纹样精美的窗帘——白底上铺满黄色花朵、帷幕上有着灰色羽毛,纽扣靠背的椅子,椅子有黄的、绿的、鸽灰的,还有一把是茄红色的,与远处墙上一幅画中的红色交相辉映。

"黄金比例!一个近乎完美的空间,不是吗?"

"什么?是吗?我恐怕对建筑不太了解。你喜欢就好,我很开心。"瑞贝卡·兰德龙在陌生人面前明显有点拘束,她的话急促地脱口而出,仿佛多讲几个单词就会喘不上气。蜡黄的脸庞因为激动,显得更红了。奈杰尔想,如果她能控制住自己,应该是个漂亮的女人。可为什么她有那样的脸色，还要搭配那件咖啡色的裙子呢？

"嗯，恭喜你，住在这样的房子里。"奈杰尔说。

"那是父亲的功劳。他很有品位，对色彩和摆设都很讲究，甚至有些挑剔。"

"在医生中可不多见，对吗？"克莱尔说道，装作没听懂瑞贝卡话尾的弦外之音。

"我想是的，但是，好的品位需要金钱和时间。"瑞贝卡又陷入做作的女主人姿态，像是在茶话会上摆弄玩偶的小女孩。

"我的兄长们快来了。大雾好像越来越浓了，詹姆士肯定在巡诊路上被耽搁了。你们在格林尼治住得还习惯吗，斯特雷奇威太太？"

"非常好。但我不是斯特雷奇威太太，我叫克莱尔·马辛格。"克莱尔微笑着说。

"哦，我还以为……我的意思是……"瑞贝卡脸红了，不知所措。

奈杰尔过来替她打圆场，说："我们确实住在一起。克莱尔观念挺老派的，她认为婚姻就得生孩子、挣钱养家。可她的精力全在雕塑上，石块和木头就是她的孩子。理想和现实没法两头兼顾，因此我们没结婚。但是，我们的关系还是很体面的。"

"哇，我真的好羡慕！"瑞贝卡出人意料地喊道。

"你羡慕什么，亲爱的贝姬？"一个声音从门那边传了过来。

"斯特雷奇威先生刚刚在说马辛格小姐是多么热爱雕塑。马辛格小姐，让我介绍一下我哥哥，詹姆士。"

詹姆士医生三十岁左右，身材魁梧、略显笨拙、脸色蜡黄，外貌与妹妹很相像。他的眼神透出警惕，暗示着他行事谨慎、隐秘，看似热情的举止也许只是表象。

他对妹妹说："你应该给他们倒些茶水。"

"可我在等你们。"

詹姆士·兰德龙耸耸肩，起身去给客人倒茶水。他倒茶时一丝不苟，好像在用量杯做实验。他妹妹坐在克莱尔身边，小声说道："咱们刚才谈的事，我不会说出去。詹姆士循规蹈矩，他不会理解的。"

詹姆士从钢琴那儿走过来，盛茶水的托盘就放在钢琴上。他给每个人递了一杯茶，弯下腰，在火炉边暖起手来。

"今晚冷得出奇，大雾也越来越浓了。希望海姆斯太太还没开始……"

"你们这些医生啊，"克莱尔高亢轻快地评论，"一刻都无法休息，随时准备好从餐桌边冲出去，去帮忙接生一个婴儿什么的。"

"习惯了。"瑞贝卡说，"我们家吃饭就是流动的盛宴①。"

詹姆士看着克莱尔，仿佛头一回见面似的细细打量她，问："你认识海姆斯太太？"

"不认识，我只是在推理。"

"明白了。"詹姆士郑重其事地说，"她现在随时都可能临盆。你有孩子吗……小姐，呃……太太？"

"她有石块和木头。"瑞贝卡抢白。奈杰尔听了，觉得有点尴尬。

---

① 流动的盛宴（movable feasts），指基督教中一种仪式。

"木头和石头做的宝宝？"詹姆士迷惑不解地问。

一个声音从他们身后传来："她能用石头和木头雕刻假人。詹姆士大哥，她是雕塑家——或者说女雕塑家？"

"雕塑家，不用特意加上'女'。"克莱尔说，"你好哇。"

"很荣幸见到你，我叫格雷厄姆。"

这个年轻人讲话时面无表情，说完，他走了过来。他体型中等，身材瘦削，脸上混合着世故与稚气，这类人常出入时髦的夜店，一副见过世面的样子（穿着鲨皮绸晚礼服）。奈杰尔判断，他大概二十来岁。

呷了一口茶，格雷厄姆放松地端坐在瑞贝卡的椅子扶手上。"喂，亲爱的，晚餐怎么样了？我姐姐可是一流厨师，因为她总是嘴馋。"

"我才没有呢！"瑞贝卡兴高采烈地反驳，"话说回来，爸爸去哪儿了？他要是再不来，菜都凉了。"

"他在候场，即将粉墨亮相。"格雷厄姆答道，依然毫无表情。这话无论是出于恶意还是逗乐，都令人不解。

詹姆士厉声说："在陌生人……呃，客人面前，我觉得这话一点都不好笑。"

"好笑？怎么会？这是事实啊。我喜欢郑重其事的人。爸爸每次出现都好像自带聚光灯，讲究排场有错吗？"

詹姆士·兰德龙困惑而愤怒地摇着头，嘴里嘟囔着，像头被激怒的公牛。

奈杰尔观察着格雷厄姆，脑海中隐约浮现出一个动物的名称。

他朝克莱尔看了一眼,发现(他们偶尔会心有灵犀)她也在观察格雷厄姆。她的嘴唇轻轻翕动,无声地说出一个单词:"水果蝙蝠。"没错,正是奈杰尔想到的那个动物:三角脸、方额头、倾斜的窄下巴、尖耳朵、噘着小小的厚嘴巴。但是水果蝙蝠有长鼻子吗?格雷厄姆的鼻子很长,鼻尖随时在颤动,动物流露出好奇时就会这样。一个太过好奇的鼻子。

果不其然,几分钟后,所谓"粉墨亮相"得到了充分验证。门开了,皮尔斯医生在门口站定,直到所有人的目光聚集到自己身上时,这才踱步而来,与客人们一一打招呼。有一瞬间,克莱尔想起了伟大的伯纳德·贝伦森[①]。他在门口站定亮相、压轴出场的仪式感,都让人觉得他像出席私人宴会的大使:矮小文弱,立得笔挺,留着整齐的白胡须,穿黑色天鹅绒夹克衫,双手紧握,温文尔雅,彬彬有礼。这些特质都让克莱尔想起深受她爱戴的伯纳德。

皮尔斯医生走上前来,握住克莱尔的手,向她凝视片刻,苍老的眼眸像青金石一样湛蓝。

"亲爱的,荣幸之至。奈杰尔是我仰慕已久的天才,我没想到,天才身边还有这样的绝世美人。"

奈杰尔无意中听见格雷厄姆对瑞贝卡嘟囔道:"给她最高规格的待遇,如何?"他意识到,皮尔斯医生的出现,让这里立刻充满紧张气氛。他猜想,兰德龙家族成员也许会无意识地破罐破摔,以此对抗

[①] 伯纳德·贝伦森是美国艺术史学家,主要研究文艺复兴时期的艺术史。

父亲的强势。

与克莱尔寒暄之后，主人转向了奈杰尔："久仰大名，惠临寒舍，很高兴能和你们比邻而居。请原谅我，没能早点邀请你们来做客。斯特雷奇威先生，我刚才正在写作，写得过于投入，以至于忘了时间。我想你会理解我的。"

"爸爸，你在写作？"瑞贝卡失声尖叫，"什么意思？"

"有那么难懂吗？"这位老人收回干枯的手爪，转向客人。

"我开始写日记了，私人日记。我小时候还没写过日记呢，我又返老还童了，动力十足。"他冲克莱尔神秘诡异地笑了一下，"我明天要在日记里写下很重要的东西：和了不起的克莱尔·马辛格小姐会面，与资深专家奈杰尔·斯特雷奇威的餐桌谈话。"

"专家？他是哪方面的专家？"瑞贝卡好奇地问。

她的父亲以一种柔和的语气说："时候不早了，贝姬。餐桌谈话怎么能没有餐桌？我要是今晚饿死了，就不能继续写日记了。"

瑞贝卡愠怒地注视着他："你的暗示过于明显了。菜早就备齐了，就差摆盘。"说完，她喘着粗气出去了。

詹姆士试图打破尴尬："父亲，你为什么开始写日记了？这么做意义何在？"

"亲爱的孩子，到了我这把年纪,时光所剩无几。我觉得有必要……这么说也不太准确，"他用纤细的白手在空中比画，"不仅是有必要忏悔，还得算清楚自己的资产负债。"

"别胡说,父亲！"詹姆士插话道,"你还能活二十……嗯，至少十年。"

"亲爱的儿子，谢谢你的预后①。你的好意我心领了，但预后从来都不是你的强项。"

听了这话，詹姆士露出了孩子般不服气的表情，看上去更像他妹妹。

奈杰尔想，这老头一定是犹太人：举止尖酸刻薄、措辞废话连篇、做派专制独裁，像不容挑战的部落首领。他也是个爱炫耀的老头，如果你不是他家里一员的话，和他做个伴倒也不错。

"是啊，"皮尔斯医生说，"写日记让我的人生有了新乐趣，说不定能延年益寿，谁知道呢。"

"我可不指望那玩意能延年益寿。"格雷厄姆·兰德龙生硬地说，语气像是在跟人吵架。

"哦，我也没那么指望……格雷厄姆，你为什么这么说？"

楼下传来一声尖叫，克莱尔吓了一跳，后来她才发现，是瑞贝卡高声宣布晚餐开始了。

"我们为何不去买一个铜锣？"詹姆士问。

他父亲回答："铜锣，只适合郊区家庭或让管家来用。"

"难道东南十区还算不上郊区？"格雷厄姆小声嘟囔着。

"喧闹的佳肴，美味的预兆②。"皮尔斯医生引经据典地说，"走吧？

---

① 医生出于职业习惯，用了医学术语"预后"，指根据病人当前状况来推估经过治疗后可能的结果。
② 化用《麦克白》中的一句台词：喧闹的鲜血，死亡的预兆（clamorous harbingers of blood and death）。

马辛格小姐。"

餐厅体面极了,紫檀木餐桌上摆放着乔治王时期的银器,带护板的墙上画着桉树叶。皮尔斯医生背后的墙上挂着一幅油画,上面画着一位骨瘦如柴、长相严厉的妇人——明显是詹姆士和瑞贝卡的母亲。

奈杰尔发现詹姆士瞟了一眼油画,僵硬的脸庞焕发了些许生机。格雷厄姆进了隔壁厨房,帮瑞贝卡端菜去了。

她确实厨艺一流。他们吃了法式白煮蛋,美味的红酒烩鸡。皮尔斯医生装腔作势地给克莱尔倒了一杯葡萄酒,把醒酒器交给了詹姆士。恨不得让别人都看出来,平常这些活他是不会干的,只因对方是贵客,这才屈尊帮忙。

"波内玛尔[①],不是吗?"克莱尔说,"我最喜欢的勃艮第葡萄酒。我们今晚是不是太幸运了?"

"所以呢?马辛格小姐,你挺懂酒,好厉害啊!"

这时,瑞贝卡从厨房出来,端着盘子,只听到交谈的结尾部分,便问:"现在,你得告诉我了,斯特雷奇威先生,你是哪方面的专家?我想我应该了解,但是……"

男主人终于宣布:"他专攻犯罪学。"

"你的意思是,他写谋杀小说?"

"不,他是抓谋杀犯的。"皮尔斯医生断然说道,态度与往常大相径庭。

[①] Bonnes Mares,是勃艮第特级葡萄园之一。

出现了一两秒钟的沉默。然后,瑞贝卡惊慌失措、半信半疑地盯着奈杰尔,说道:"你会抓逃犯吗?你是苏格兰场的警察?"

"不是的,但我有朋友在那里工作。"

"那么,你是私人侦探?"詹姆士问道。

"算是吧。"

"这真令人激动啊,"瑞贝卡激动道,"你是怎么工作的?快告诉我们。"

奈杰尔刚想回答,却意识到克莱尔即将开口,发表一番长篇大论。也许她受到了这里紧张气氛的影响,她平时不会这样。

"真的很简单。"她开始说道,嗓音清脆极了,像吊灯坠子那样晶莹闪烁。

"奈杰尔有一个叔叔,是苏格兰场的助理专员,他私下里请奈杰尔帮忙,处理一两宗案件。奈杰尔的'侦探生涯'就这样开始了。奈杰尔对查探别人的私事充满热情,尤其是那些令普通人不快的事。当然,刑事侦缉部搜证能力无人能及,可以处理任何种类的犯罪事件,但偶尔,他们也会遇到难处,需要想点办法获取内幕消息——说直白点,就是要干些游走在法律边缘的犯罪行为。奈杰尔有这个本事,他能获得嫌疑人的信任。那些嫌疑人压根不会想到,毒蛇就藏在自己身边,随时能反咬一口。奈杰尔在这条秘密通道上越走越远,洞察人心幽微之处……"

"你的比喻真讨厌。"奈杰尔评价道。

"说起秘密通道,"克莱尔赶紧插话,"在格林尼治有很多,藏在公园下面。"

詹姆士说："是啊，我和哈罗德小时候会在那里的地下室玩很久，敲敲那些墙壁，看是否能找到那些秘密通道的入口。不过我们从来没有找到过。"

"咱们继续说斯特雷奇威吧，"克莱尔继续说，"他这人总能把罪犯吸引过来，有案件发生时，他往往在附近。不过我想，侦探可能都这样，每当……我的天，那是什么声音啊？"

只听一声刺耳的喉鸣撕破了夜空。

"脂肪过多。"詹姆士逗趣道。

"不，是胃酸过多[①]。"瑞贝卡咯咯笑着说。

"不好意思，你们在说什么？"克莱尔不解地问。

"有一排海上船队经过这儿，"詹姆士解释，"它们的汽笛声很有辨识度，船名尾缀都是 ity。"

"还有一艘叫干旱号（Aridity）。真离谱，一艘船的名字叫干旱号！"

"起这个名字，是因为这艘船运的是沙子，把它们运到水泥厂去。"

"我小时候，詹姆士常给这些船起一些荒谬的名字，逗我开心。"瑞贝卡接话道。

皮尔斯·兰德龙医生开口了："看来，你哥逗你开心的招数至今有效。"

瑞贝卡的表情只活跃了片刻，听了父亲的话，她又缄口不言。为

---

① 原文为 Adiposity、Acidity，均为某种病症。

了打破令人尴尬的沉默，格雷厄姆把好奇的目光转向奈杰尔，问："我说，你为什么要干这一行呢？"

"你是指调查犯罪？"

"对，你把正义和惩戒看得很崇高吧？你觉得自己是除恶扬善的救世主吗？"

奈杰尔平静地答道："不会。我干这行，主要是我对人的心理很好奇，尤其是那些'病态'的人。"

"你真的能理解他们？"

"一定程度上可以理解。而且，不该让杀人犯沉溺在回忆里。你不这么认为吗？"奈杰尔解释道。

格雷厄姆决计争论一番："所以，你内心还是充满了道德优越感。"他话中的嘲讽与脸上的恭敬形成了鲜明对比。

"我不明白，你为什么不把这些脏活留给警察？他们拿了钱就得干活啊。"

奈杰尔迅速回道："我也是拿钱干活，我收费很高哦。"

"理所应当啊。"格雷厄姆不再掩饰自己的恶意，"我赞同萧伯纳说的，清理下水道工人的薪水应该全国最高。"

克莱尔说道："我也赞同。兰德龙先生，你又做了些什么，去贯彻这卓越的观点呢？"

"我弟弟这人爱说教。至于怎么做，他就不管了。"詹姆士说，他已经吃完了第二道菜。

皮尔斯医生温和地说："咱们脑子里都起雾了。"

奈杰尔注意到，老人正津津有味地看着双方言语交锋：他似乎十分偏爱养子，格雷厄姆每一句挑衅的话都得到了他的暗中鼓励。这种偏爱一定让詹姆士和瑞贝卡很恼火。

皮尔斯医生问克莱尔："比起机械的重复劳动，一个人既有天分又勤于技艺，应该得到更多回报吗？"

"比如烹饪。"格雷厄姆打断说，"看看贝姬独一无二的厨艺，难道我们不该给她更多酬劳？"

"真是的！"詹姆士气愤地说，"这场争论有点可笑。"

"我不同意，"格雷厄姆说，"我的话完全合乎逻辑。"

"好吧，你有天分做所有工作，应该给你多少酬劳？"

他们的父亲说道："孩子们啊，静一静。你们想让客人以为他们在托儿所吃饭吗？我们上楼去吧，哈罗德和他太太莎伦饭后会过来。"他转向克莱尔，说："马辛格小姐，等下有机会看见我所有爱争辩的家人。莎伦是个出众的美人，她也很有想法，你会对她感兴趣的。"

克莱尔想：医生自己的想法就够有趣的了，但以我的立场，我没法评判他的有趣。他的情绪变幻莫测，在活泼和忧郁间瞬间切换。当他忧郁时，就像太阳被乌云遮蔽，整个房间都会阴暗愁闷起来。当然，他是一位老人，身体孱弱。孤独自处是他保存精力的方式吗？多少算是，而且还能向众人彰显他的乖僻个性，不费吹灰之力，占据强势地位，满足自己做一家之长的威严。

克莱尔悄悄观察皮尔斯医生的脸，这张脸方才还满脸忧郁，嘴角下扬，露出惨淡的无奈。有一瞬间，她仿佛看见了他的死亡面具。

下一刻，莎伦和哈罗德进来了，皮尔斯医生再度活跃起来。他对儿媳过分殷勤，将她引到火炉旁，把她介绍给奈杰尔和克莱尔，嘲弄着她的紫貂领带。

"马辛格小姐，我刚才说什么来着？"他欢欣地说道，"真漂亮，对吧？"他拍了一下莎伦的脸颊。

"别那么激动，谢谢你的恭维。"莎伦冷淡地回应，从烟盒中拿起一支烟，划火柴时手直发抖，"外面太冷，我过来时吸了不少雾气。"

"亲爱的，你吸烟太多，吃得太少。"皮尔斯医生说着，仔细地观察她，像是在做临床检查。

"我必须保持身材，天晓得要保持到什么时候。哈罗德……"

"亲爱的，保持到现在就行！"她丈夫迅速说道，"你的身材不会再变了。"

奈杰尔想，哈罗德真像父亲的影子：同样的轮廓，但深度不同。他身材矮小、打扮整齐、站得笔直。也怕老婆，围着那个红发女妖精转个不停，仿佛她是一盆稀世兰花。说实话，莎伦谈不上有多吸引人。先前他们互相介绍时，奈杰尔触碰到她灼热坚硬、富有弹性的小手，摸着好像动物的爪子，她的绿色眼睛炯炯有神。现在，那双绿色眼睛骨碌碌地在旁人身上扫来扫去，但很明显，她避开了格雷厄姆的注视，尽管他正盯着她不放。

和哈罗德聊着天，奈杰尔吃惊地发现，这个其貌不扬的年轻商人除了热爱老婆，还热爱河流。他和莎伦住在河岸右边的房子里，那是他母亲在战前买的房产之一，就在格林尼治发电厂后面的河堤上。"涨潮时，我可以直接从厨房窗口跳进八英尺深的水里。不过真要是这样做，会得伤寒，我爸说泰晤士河的水太脏了。"

那所房子曾被炸得摇摇欲坠，他们已经修葺过了。哈罗德还买了一艘二手风帆驳船，停在邻近房子的码头。

"你不会孤身一人就去开吧？"奈杰尔问。

"不会，船正陷在泥里呢。"哈罗德脸色突然忧郁起来，愈发像他父亲，"我以前经常带朋友上船。莎伦一开始也很喜欢，后来就……这船下水时美极了，有很多技术细节，和普通船不太一样。"

"你就不能买艘小艇、小帆船吗？"

"水流太快。我在狗岛附近遇到过汹涌的潮水，很可怕的。需要大风才能逆流而上。"

他饶有兴致地讲着泰晤士河，奈杰尔却注意到他的心不在焉，眼神一直往父亲和克莱尔、莎伦那边飘。

"亲爱的，"莎伦优雅地走过去，命令道，"来和马辛格小姐说说话。"等哈罗德听话地走过去，她补充道："当然，这位小甜心没法和他年迈的父母竞争，皮尔斯才是掌控一切的那个人。二十年来，我们没人能逃出他的掌心。"

莎伦沉下嗓音，沙哑低语。她倚靠在奈杰尔身边的沙发上，给人留下她正和他在床上缠绵的印象。她用绿色的双眸盯着他，目光恍惚游移。"我从皮尔斯那里听说了你的一切。告诉我，今晚你发现'秘密通道'了没？"

该死的克莱尔，为什么带我来这种地方？奈杰尔思忖道。他说："给我点时间，我在这儿只待了几个钟头。"

"那你等着瞧。在我们这儿，秘密通道纵横交错。"

"像名门望族那样复杂？"

"或许吧，但我不爱读书。请告诉我，这间屋子里谁是最有趣的人？"

"怎么算有趣？"

"令你这个犯罪爱好者感兴趣的。"

奈杰尔有一个恼人的习惯，他总把开场白看得认真。"好吧，"他尖刻地说，淡蓝色的眼睛落在她身上，"就是你啊。你为了达到目的可以不择手段。"

"不择手段？"她的眼睛死死盯着他。

"你刚刚在想什么？盗窃、敲诈、投毒、抢劫，还是谋杀？"

听到某个字眼时，莎伦目光闪烁，刹那间有些出神。"嗯，我必须承认，我不清楚你是不是一个好人。"

"但如果你问我，我们身边哪一个是坏人，我就会……"

奈杰尔还没揭晓谜底，被一阵急促的敲门声打断了。

"该死。"詹姆士·兰德龙叫道，"有人敲门。"

"有可能是沃尔特，他说他今晚可能来访。"瑞贝卡轻蔑地看了一眼父亲，急忙走到门口。父亲精致苍白的手颤抖着放下咖啡杯。

"那个江湖骗子！"他叫道，"他不请自来。"但瑞贝卡压根没有理睬，径自走了出去。

"再告诉你一个惊天秘密。"莎伦对奈杰尔说，"贝姬超级迷恋他，也许是对方唤起了她的母性。他是爸爸最讨厌的人，沃尔特·巴恩，一名画家。"

"江湖骗子"倒是对这位进门的年轻人恰如其分的描述，那副样子随时可以向后做两个后空翻。他身高不超过五英尺，宽肩上是一个圆圆的小头，一撮刘海横在前额。他长着一个翘鼻子，一双蓝眼睛闪烁着狡黠，神情却又很无辜。不论他是否知道今晚有宴会，他绝不会为格林尼治的"上流生活"做出妥协，因为他穿得实在有些随意：一件厚重的红色渔夫毛衣、一条沾着颜料的灯芯绒裤子。

沃尔特向皮尔斯医生伸手，皮尔斯却置之不理。之后他径直走到火炉边，静静打量在场的每一个人。

"哈！"他叫道，"所有格林尼治的美人和才俊都聚在一起了。莎伦，"他向她行屈膝礼，"我们的前快艇女主人、前模特舰队队长。嘿，詹姆士，子宫切除术进展顺利吗？你这个老庸医。还有哈罗德，大人物哈罗德，碎布丁巷的捣蛋鬼。谁蜷在那个角落？是我们神秘的格雷厄姆。"

"别卖弄口舌了，沃尔特。"瑞贝卡说，"你还没来见马辛格小姐呢。"

他在克莱尔面前一屁股坐了下来，双手放在膝盖上："你喜欢什么，我是指精神上的？"

"我热爱艺术，乐于享受。"她镇定自若地答道。

"你有权享受，的确不错。"他把圆圆的脑袋猛地转向别人，"她很棒。我，沃尔特，在此恳请大家静默片刻，向我们伟大的艺术家致意。"旋即，他忘了自己刚才的请求，像从玩具盒里弹出来的小丑那样起身，问奈杰尔:"你是这位小姐快乐生活的一部分吧?"

"是的。"

"真可惜。"年轻画家沮丧地说。

"巴恩先生,请坚持画画。"克莱尔说,"一定能有所收获。"

"你诚心这样想?"他像戴着面具一般插科打诨,"你见过我的画吗?"

"见过。但那些低级趣味的基调,那些东西让你一事无成。那不该是你看待事物的方式,对吗?"

"直到遇见你我才明白。"

巴恩再次扑坐在克莱尔脚边。"天哪!巴恩正站在人生的十字路口!他看清了本质,别再画那些没有价值的东西了,谢谢马辛格小姐。好吧,你还知道什么?"他默不作声,陷入沉思,瑞贝卡放在他身边地上的那杯威士忌,他碰都没碰。

他们说话时,皮尔斯医生毫不掩饰对这个年轻人的厌恶,对瑞贝卡把他带进屋子感到不满。皮尔斯僵直地端坐在靠背椅里,双手交叉,眼睛紧闭,游离于那些谈话之外。他像一尊精致的象牙雕像,一尊暂时被人遗忘的圣像。但是,奈杰尔能看到他的双手在颤抖。奈杰尔想,是不是沃尔特抢走了皮尔斯的风头,博得了众人关注,所以皮尔斯生起了闷气?要么还有更重要的原因,让皮尔斯厌恶沃尔特·巴恩?起码他没当众翻脸,命令这个不速之客滚出家门。

詹姆士和哈罗德站在屋子的角落,压低嗓音小声谈论着。他们的视线谨慎地从父亲转到妹妹身上。奈杰尔判断,他俩肯定在谈论皮尔斯医生对于瑞贝卡和她请来的那个难缠小伙的态度。詹姆士表情愤怒，哈罗德似乎同意他的看法，但心不在焉，好像在想什么更重要的事。

格雷厄姆·兰德龙来到莎伦边上，坐在高高的沙发扶手上。

"过几天，我把那张唱片带给你。"他说。

"好的，我都等不及了。"她转向另一边的奈杰尔，对他说："格雷厄姆要是勤快一点，绝对能成为顶尖的爵士钢琴家。他曾和刘·林迪乐队一起表演过呢。"

"恕我孤陋寡闻，我恐怕没听说过那个乐队。"奈杰尔说。

"你最喜欢哪种音乐，摇滚？波普？古典爵士？我知道了，你喜欢三十年代的音乐对吧？那应该是布鲁斯。"沃尔特走到钢琴边上，开始弹奏经典布鲁斯曲目《圣詹姆士医院》。一分钟后，他又切换到《法兰克和约翰尼》，他把这首歌弹得令人烦躁，却凸显出他的才华，因为他故意将歌谣的每一连续乐章扭曲成不同节奏，从原有的节奏变成华尔兹，又变成探戈，再变成狐步舞曲，又变成惊人而又冷酷的摇滚节奏，但副歌部分又回归到原来的节奏。他弹着弹着，停了下来。

"属于这个时代的音乐。"沃尔特说着，离开了钢琴，"我不太喜欢。"

"新的蒙昧时代。"皮尔斯医生插话，"文明模仿野蛮，这是堕落的标志。"他用刻薄又不失优雅的语气谈了好一会儿，都是关于诸如"崇尚弱肉强食""对僵化的道德与理智的崇拜"等。还没讲完，老头的声音里就夹杂起怨恨来。房间里没人敢质疑他的观点，不是因为他年纪大，而是因为他的家长权威。

"我忍不住说一句，"瑞贝卡打破沉默，"我最喜欢老式华尔兹。"

"适合你,宝贝儿。"沃尔特插话,"旧日的芬芳。穿着薰衣草蕾丝裙、喝着咖啡的女孩。他们就是这么想的。可我们知道的更清楚,不是吗?"他狠狠地给了她一个吻。

詹姆士·兰德龙说:"母亲过去常在那架钢琴上弹奏华尔兹。贝姬,还记得吗?我们围着她,跳来跳去,假装我们在参加舞会。"

"是的,"他妹妹说,"可有一天,她突然锁上钢琴,再也没有弹过。"

"我猜,她弹错很多音。"哈罗德说,"但那时我还太小,不太懂。"

"她没有格雷厄姆,呃,灵巧,但是……"

"但是,她弹得很投入。"格雷厄姆轻声说,"毫无疑问。"

詹姆士·兰德龙紧握双拳,看上去有些可怖。

"啊,是的。"父亲苍老的声音响起,像回声尾音那样单薄悲伤,"是的,珍妮特是一个感情充沛的女人。"

第三章

凭空失踪

三天后,克莱尔打开前门,将身披浓雾的爱姆迎进屋里。

"你倒不必这样特意来,爱姆。"

"我自己家里出了一些状况。我家老头子一直坐了三天三夜,把屁股都磨破了,连班也不能上,但不是因为大雾。他得了船夫病,还得了便秘。所有东西堵在码头那里,他不能卸货,脾气相当暴躁。不知道你怎么能够忍受他的?"爱姆用大拇指指向奈杰尔的书房,"整天在这里游手好闲。很不自然。"

爱姆脱掉几件外衣和围巾,走进工作室,瞄了一眼裸女雕塑,如往常一样不露一丝幻想。

"一半都没完工呢。"她说道。

"慢工出细活。"

"好吧,你最懂。完工了会怎么样?"

"我会到画廊去展出这件作品。"

爱姆含混地"咯咯"笑道:"要我说,她正在当众出丑呢。如果我家老头子发现我像那样子,我半眼都不敢看。我的意思是说,在他关灯之前。好吧,我得打扫楼梯了。关于皮尔斯医生的事情,很有趣,不是吗?"

"皮尔斯医生吗?"

"什么?难道你不知道吗?"爱姆摆出一副平时的样子,猜想此刻小道消息满天飞了,"他溜了。"

"逃跑了吗?"

"嗯,反正,他现在不在家。他们昨天下楼吃早饭,发现他不见了。不在房间里,也不在屋子的任何地方。那位詹姆士医生似乎想让大家别声张,但是我的侄女乔安给他们打扫卫生——她听见他和瑞贝卡小姐在争论。她赞成叫警察,他却拒绝了。或许他们的爸爸接到一个电话,你知道,紧急电话,来不及留下便条。但那是昨天早上,他还没回来。乔安说,詹姆士医生说他父亲可能服用了治胃病的水合碳酸镁。"

爱姆摆出一副伦敦清洁工的滑稽腔调,面无表情地瞧了克莱尔一眼。克莱尔发觉了一次,再也不理会她了。

"可能是失忆症吧?"

"正确，"爱姆说，"乔安愚昧无知。失忆症意味着什么？"

"失去记忆。"奈杰尔说道，他正好走进屋里来。

"怎么会得失忆症呢？"爱姆问道。

"撞了头部，或者长期的严重焦虑。大多数报告里的失踪人员都患有失忆症。"

"你的意思是，"爱姆敏捷地说道，"这算是一种自我休息疗法吗？"

"正是如此。"

爱姆思考了片刻。"看不出那位老医生会这样做。你看，你认为你会像拂去蜘蛛网一样毁掉他，但是他坚韧如初。"

"容易崩溃的往往是'坚强'的人，爱姆。他们没有顺应能力，太僵化，不能自我放松。"

"嗯，我还真的不太懂这些，先生。但是，我记得希特勒发动闪电战时，皮尔斯医生没日没夜地在外面跑——我们这里情况糟糕，他救了成百上千人的命，我想。当我们遭到轰炸的时候——那时我可怜的父亲中了弹，皮尔斯医生在灰尘中出现了，帮我们包扎伤口，送母亲去医院，叫我们小孩子住在他家里，我那时才十五岁。他真是令人赞叹的人。整日整夜，他都会在那里，冲进烧着的房屋，钻进瓦砾堆里。人们都说好像他不在乎自己的生死。我爸爸在被炸之前在重型机械救援组工作，我记得他告诉我们，他在处理一场事故时，皮尔斯医生也在场，一个炸弹落下来，将医生炸飞到街对面的路灯杆子那里。嗯，人们将他扶起，跟他说回家睡一觉。'不，小伙子们，'皮尔斯医生说道，'我现在不能睡觉，我们继续工作吧！'我爸爸说，他脸色苍白，也有点悲伤、忧郁，仿佛什么事情也不能令他动摇。"爱姆转过脸，长叹了一口气，"我得去取真空吸尘器了，时间来不及了。但我告诉你，如果有人对皮尔斯医生做了什么，他最好快点离开这里，否则，他只能自求多福了。"

奈杰尔和克莱尔在午饭时漫不经心地聊起此事。很难将爱姆描述的温文尔雅、富有教养、身体虚弱、不顾一切的英雄和几天前他们在晚宴上遇见的十分专横的老头联系起来。但是，危机能够倒逼个性的另一面，二十年足以再次抹去这些个性。当然，在宴会上，他们没有觉察到老人身上能够引起失忆症的压抑气质：焦虑倒是有，但是（至少看上去）很平均地分布在他的性情各异的家人身上。

"有件奇怪的事情，"奈杰尔说道，"他竟然在家庭聚会上特意挑起我对侦破犯罪的兴趣来。这和他的个性有点不符——他的那种一丝不苟的个性。"

"我们从中推测出什么呢，我亲爱的丑闻揭露者？你一定不会暗示说他出了问题会去咨询你吧。他几乎不可能知道自己会失忆，会离开这个家。"

"不，但是——"奈杰尔打断，"嗯，正如我的导师说的那样，在这个领域投机毫无益处。我在想他们家有人会来找我吗？"

"无论如何不会是詹姆士医生。他如果不能隐瞒，他会通过正规渠道处理一切事情。他为什么要隐瞒呢？"

"为了诊所的业务。有一点点丑闻，病人就会去别处。格雷厄姆倒或许会来。"

"来咨询你？那个年轻的果蝠吗？为什么？"

"他很好奇。我猜他是那种喜欢引起麻烦的人。并且，他不喜欢我——他乐见我在工作中栽跟头。"

"我觉得他很可怜。"

"我觉得他很执拗，爱和人过不去。他住在那里多久了？"

"根据爱姆所说,皮尔斯医生收养他有十年左右了。他是一名孤儿，母亲死了，父亲是皮尔斯医生的好友，在战争中被打死了。"

"但是，皮尔斯医生直到1950年才收养他。"

"或许他母亲活到那时。哈罗德怎么样？饭后，我和他也没有讲过一句话。"

"我也不确定哈罗德。我不太喜欢圆滑的人。他是很讨人喜欢的，我敢说他每次都力争上游，包括他的那位挥金如土的妻子。"

"挥金如土？"

"她的衣服昂贵。吸的都不是便宜毒品。"

"吸毒！你怎么知道的？"

"她告诉我的。当然，是不知情的情况下。问题在于哈罗德会不会对于父亲的失踪很着急？他那晚心事重重。我猜想他会来，如果他父亲的失踪给他造成困扰的话。"

"换句话说？"

"比如，如果他的生意，无论什么，出现了严重亏损，他需要大笔的无息贷款。"

"嗯，我得说，这可是把一个无辜青年看低了。"

"在他的领域，投机比无事可干更糟。电话响了。"

电话既不是哈罗德也不是格雷厄姆·兰德龙打来的。瑞贝卡·兰德龙问，晚上是否可以带着沃尔特·巴恩过来，和奈杰尔谈谈。

"这么忙，"克莱尔向奈杰尔转达时说道，"万事通，奈杰尔·斯特雷奇威先生。"

他们在工作室接待了客人，那个角落有舒服的椅子和暖炉。悄然而至的雾气令克莱尔的裸女雕塑轮廓若隐若现。沃尔特·巴恩自打进门就围着它，像狗围着路灯杆子似的迷恋地转来转去。不论是否因为她穿着裁剪合体的粗花呢衣服，还是因为出现了紧急情况，抑或是因为父亲的失踪，瑞贝卡·兰德龙看上去显得更加成熟，更加协调。

"你们能接待我们真的太好了，斯特雷奇威先生。"

"不客气。要不要咖啡加一点阿马尼亚克白兰地酒，暖暖身子。"

"谢谢，我要一点。你的工作室好温馨。我们家的房子自从起雾以后冷死了。里面真的需要暖气，但是，爸爸似乎从来不觉得冷。沃尔特，别在雕像那儿徘徊了！"

"急事急办，亲爱的贝姬。"沃尔特·巴恩躺在地板上，向上看着高耸的雕像的背视图。他站起身，挥挥手，缓和一下身后的气氛。"雕刻得真好，马辛格小姐，真棒！但是，我不确信这部分的虚构平面，涉及到……难道你不觉得有必要修改一下吗？"

"哦，沃尔特，请务必注意一下分寸！"瑞贝卡的语音里带着几分恼怒，又像带着几分哭腔。

沃尔特立刻走了过来，端起那杯给他倒的阿马尼亚克酒，坐在瑞贝卡的椅子扶手上。

"我真的不知道是否应该麻烦你们这件事,"她说道,"我确信,詹姆士不会同意的。但是,听了那次你在晚宴后的谈话,我真的不能袖手旁观。"

"他们弄丢了父亲。"沃尔特说道。

"是的,我知道。"克莱尔安慰地说道,"我们从勤杂工爱姆那里听说了。"

"你看,爸爸以前从来没有这样做过——不告而别。他有病人。当然,詹姆士可以处理一部分,但是……"

"让我们从头说起吧。"奈杰尔温和地说道。通过机智的问询,他引导瑞贝卡说出了原委。

昨天上午9点,如同往常一样,她用托盘给父亲卧室送早餐,可他不在。她又走进他的书房,然后到每层楼的房间喊父亲,都没有回应。她想他肯定一大早收到紧急电话出去了,尽管她没有听到电话声。到了10点,皮尔斯医生的助手安松小姐,从附属建筑里来说有两位病人还在等他,他上午还没有来过。他和詹姆士医生的诊察室就在那幢楼里。詹姆士·兰德龙已经出去巡诊去了。因此,瑞贝卡就去找格雷厄姆,发现他正在餐厅吃早饭。

"我和他说爸爸不见了。格雷厄姆说,'哦,胡说八道。他或许碰巧睡过头'。我说他不在卧室,我看过了。嗯,我和格雷厄姆就在每一个房间仔细搜寻。然后,我认为应该再去爸爸的房间看看,他平时睡在附楼的中间楼层。当然,他不在那里。然后,格雷厄姆说,我们最好去看看盥洗室，以防爸爸在浴缸里昏过去，诸如此类的。因此，他就穿过卧室进入盥洗室，然后，他就大叫说'他不在这里'。这让我吃惊起来。我本来认为一定能在那里找到他的。格雷厄姆此刻也十分着急。因此，我们就叫安松小姐四处打电话找人，并且联系了詹姆士，叫他回家。"瑞贝卡苦笑道，"可怜的爸爸。他最讨厌'联系'那个词了。"

詹姆士·兰德龙一开始对于发生意外的看法不屑一顾。但是，当他父亲失踪八个小时之后，他打电话报警了。晚饭后赶来的警官直奔现场。他问他们有没有什么手提行李不见了，然后一起上楼去了储藏间。所有皮尔斯医生的包和手提箱以及他们的都在那里。因此，老医生也不像出门旅行去了。他的汽车还在车库里。打电话去火车站问询，也证实他没有乘过火车，他在那里也很有名气的。另一位警官叫他们仔细查看皮尔斯医生的衣服。他们在这方面有点麻烦，因为他们的父亲是一位衣着考究的人，有许多套西装。没有一个子女能确定，哪一件不见了。前晚宴会他穿的那套西装还整齐地叠放在卧室椅子上，衬衫、内衣、袜子和晚拖鞋都在手边，和那天晚上他说困了就去歇息脱下来的一样。唯一一件他们能够确定失踪的衣服，是一件康尼马拉的花呢外套，上面有显眼的黑白相间的图案。

"他肯定会穿走一套西装的。"沃尔特现在说道，"他不会在这该死的大雾天只穿一件外套出门的。"

在整个讲述中，奈杰尔一直坐着，不置可否地看着鼻尖，明显很轻松，即使他向瑞贝卡询问相关问题以便拼凑完整情节时也是这样。

实际上，他十分关注事实和语气中的细微差异。这也是他作为调查者令人敬畏的能力之一。

克莱尔微笑着向瑞贝卡说道："斯特雷奇威就是一个活的录音机，你说的每一个字都印在他的脑海里。"

瑞贝卡紧张地笑了一下。"哦，我希望我能帮上一点忙的。"

"你会的。有一件事情我们似乎遗漏了。"奈杰尔说道。

"那是什么？"

"日记。在那晚的宴会上，你父亲告诉大家他开始写日记了。它或许能告诉大家他为什么失踪了。"

"哦，是的！我没想到这一点。"瑞贝卡一双棕色的大眼紧紧地盯着奈杰尔，"我明天就去找日记。"

"让我弄清楚一点。你说你父亲困了，在晚上 8 点 45 分就上床睡觉了。这对他是否早得不寻常呢？"

"是的。他平常都是等到 10 点半才睡觉的。"

"他在晚宴上有没有显得焦虑？心不在焉？神经质？和他往常不一样？"

稍微沉默了一会儿，瑞贝卡说道："警官也问过这个问题。巡警昨天也来了。并且……"她中断了一下。奈杰尔意识到，巴恩一双明亮的蓝眼睛像催眠似的盯着她。

"你为什么在犹豫？"他催促道。

"嗯，我们似乎看法不一。我认为爸爸晚宴上心不在焉；詹姆士认为他在生闷气；格雷厄姆却说他印象中爸爸在等什么东西。"

"等东西？"

"是的，我知道这听起来很奇怪。'等着什么事情发生'，格雷厄姆说。他也无法向警察解释清楚。"

"就那样发生了。"沃尔特说道，看见瑞贝卡的脸在抽搐。

"那就是你们看见或听见他的最后一刻——在他上楼到卧室去以后吗？"

"是的。无论如何，我没有听见任何动静。我在自己房间，在顶楼，听唱片。并且，詹姆士饭后立即出门接生去了。"瑞贝卡急速地讲述着，语音单调，仿佛在背诵一篇课文。奈杰尔想，或许因为她已经经历过两次警察的谈话了。

"那格雷厄姆呢？"他问道。

"他也没有听到任何动静。他在房间里闲逛了一会儿。他的房间就在一楼。"一丝怪异的表情掠过她的脸，"那以前是妈妈的房间。"

奈杰尔站起身，给他们又加了一些阿马尼亚克酒。"好吧。我诚恳地认为这个阶段我无能为力。警察会动员起来，他们会向医院或其他地方问询失踪人员信息。主要的事情就是找到日记。"

"有一件事情你可以告诉我们的。"沃尔特的圆脑袋看上去像门柱边上长满苔藓的石球，蓬松的头发从脑门垂下来盖住眉毛，"钱，如何安排钱？"

"你是指家庭开支吗？我猜詹姆士会得到辩护律师的权利，如果他父亲的失踪案久拖不决的话。"

"你看，我只是一个愚钝的、一穷二白的画家。请原谅我境界低俗。

但如果老人一直不出现，这笔钱何时能分呢？"

连瑞贝卡也对他的莽撞无礼震惊不已。沃尔特明显也觉察出自己引起的反感了，他更加咄咄逼人起来："当提及钱的时候，你们这帮人都没问题，翘着精致的鼻子，钱财滚滚而来。这是不得体的话，我知道。对于一个像我只有两间房的六口之家提及钱……"

"沃尔特！打住！这真的没有必要。"

"闭嘴，婆娘！难道你不想结婚了吗？"

奈杰尔果断插话："当一个人失踪，在律师证实他死亡后遗嘱才能确立。无论如何，毫无道理去猜测兰德龙小姐的父亲已经……"

"他已经成竹在胸了，不是吗，贝姬？"沃尔特朝她开心一笑，"嗯，斯特雷奇威，如果，只是如果，老先生再也不出现，需要花多长时间才能有定论，确立那个东西呢？"

"我相信得耗费七年时间。"

"七年？天啊！"

"得做大量调查。"

"因此在他死后，贝姬只能勉强糊口了。这倒是很像他所为。"

年轻姑娘的眼里满含泪水，她试图说话，但是哽住了。她只能可怜巴巴地看着沃尔特，他却对此熟视无睹。

"好吧，我想娶贝姬，他却无论如何无法忍受我。倒也很公平。我挣的钱勉强自己维生。她爸爸告诉她，如果她要嫁给我，他会不给她零花钱——也就是少得可怜的零花钱。最令我气愤的是，老家伙就要消失在稀薄空气里了，如果我们可以把这该死的大雾叫做稀薄空气的话，却依然要一辈子束缚她。我不知道哪里错了？"

"考虑未来没有错。"克莱尔插话，她时高时低的语调充满了冷冰冰的味道。看见瑞贝卡此刻已经放声大哭起来，她也情不自已起来："错误在于你一直在抱怨来、抱怨去，令瑞贝卡难过不已。此刻，她最需要你的同情和支持。"

"嗯，妇道人家碰面了。"沃尔特讥讽道。

"别说傻话了！"

"我说的都是大实话。我们从来不用玻璃纸包扎东西，在我出生地也不用。"

克莱尔的眼睛冒着怒火。当她转身看他时，她的乌黑长发就像大风吹起来的黑烟一样飘散开来。"和你的出生地一起见鬼去吧！你认为傻瓜式的冷漠和无礼有什么优点吗？你的工人阶级的出身就允许你举止像一个执拗的小丑一样吗？不，你等着，小沃尔特·巴恩，我跟你没完！像你这样的人只能令我恶心。你把你的贫穷和贫民窟的出身拿来吹嘘，你的举止仿佛表明你得了天命，不用展示你最基本的礼貌——我只是一名普通、愚钝的无产阶级的画家，我不必顾忌别人的感受。梵高很粗野，梵高也是天才，因此我就要通过举止粗野来显示我是天才。完美逻辑，不是吗？爱出风头成了成功的捷径，嗯？"

"在这里，我绝没有……"

克莱尔又急速地数落起他来："你和你命运的症结在于，除了成功以外，你没有任何价值观。那就是为何你的一切都为了引起关注，当你得到关注的时候，你也无法接受，它只会冲昏你的头脑。你们就像彼得潘长大了那样成了乌合之众，摆出一副粗鲁的天才或为社会而牺牲的高尚殉道者的样子。你至少还会画画。你得明白画家必须是匿名的，才能成为一名出色的画家。看在老天爷的分儿上，别向任何人宣泄你的男子汉气概了，把它留给你的画吧。"

克莱尔停顿了一下，仿佛要吸一口气。

"你怎么能那样对沃尔特讲话？"瑞贝卡喊道，"你算老几？"

"别紧张，大小姐，我会自我辩护的。"沃尔特说道。他转身面对奈杰尔，露出满带悔意的笑容："脾气真火暴。自从我妈在后院发现我和妓女鬼混以来，我还没有这样被狠狠数落过。注意，我不会全部听取那位喋喋不休的人。但是，马辛格小姐有说话的权利，并且我认为她讲的有几分在理。抱歉我的话令你难过，贝姬宝贝，但是，下次我再这样说话，你就拿厨房火炉砸我好了，像今天这里的马辛格小姐一样。"

当他们离开几分钟之后，奈杰尔扮了一个鬼脸。"你真棒，克莱尔。你的数落相当犀利。"

"我希望对他不要太粗暴了。他也算不上那种坏人。我必须说他很好。"

"是的。"奈杰尔略带犹豫地说道。在她长篇大论时，他看到了克莱尔因为激动而忽视的地方：沃尔特·巴恩善变的眼睛中闪过的一丝丑陋。

第四章

东北风

六天后,是一个周六,奈杰尔一大早醒来,隐约发现了一些异样。他的注意力懒洋洋地集中在窗帘上。它们不像平日清晨呈现的长方形灰褐色的旧模样,笼罩在外面的雾霭之中,而是光彩照人,中间射出一缕金色的耀眼阳光。起床之后,他拉开窗帘,向外眺望,满眼阳光。公园里的树木摇曳。天空清冷、灰蓝。令人感觉幽闭的浓雾已经被夜风吹走,向着海军学院的皇家海军军旗的方向飘散而去。一场东北风。

奈杰尔不想吵醒克莱尔,悄悄穿好衣服,走了出去。在这里的山顶上,风吹进他的右眼,冻僵了颧骨。现在,他正经过兰德龙家的房子。在阳光下,窗户的白漆和宏伟的门廊看上去像用水管冲洗过一样。无论有什么样的秘密,这座房子都会保密:屋主八天前失踪后,一点线索都没有;甚至那本能帮助揭开异常现象、绝望和阴谋的日记也没有被发现,包括任何能揭示他被大雾活生生吞噬的东西。

活生生?人们只能这样猜测。当地的刑事侦缉部向奈杰尔保证,已经对6号房子进行了谨慎搜索。奈杰尔是通过苏格兰场的警察总监赖特的引荐,才联系上该组织的。目前还没有证据表明,屋主是死后被带离的。报纸和电台上的寻人启事引来了大量的目击证人,说在不同的地点见到了皮尔斯医生,从德特福德到巴罗因弗内斯。还招来了一群精神病人承认谋杀了医生,这也没什么妨碍。这些信息被精心筛选,没留下什么有价值的信息。如果他真得了健忘症,那么他肯定饿死了,因为他的钱包还在那晚脱下来的西装口袋里。自从失踪以后,他也没有到银行里取过钱,医院病房也没收留过他。

还有一种可能,他是被绑架的。那为什么绑匪悄无声息,没来索要赎金呢?

面对着这些负面消息,当地的警方倾向于认为那天晚上他肯定外出了,无论意外还是有意,不慎跌入泰晤士河。毕竟那件康尼马拉花呢外套不见了。不难想象,老人在精神错乱中,只穿着那件衣服走出家门。那天深夜或清晨,大雾弥漫,他悄然落入离家三分钟远的泰晤士河中,无人发现。但是,那场大雾已经笼罩河面数日,阻碍了人们有效验证这种说法。

奈杰尔大步走上公路,圣阿尔菲哥教堂的钟声报时7点25分。

他无意识之中加快了脚步。这条河似乎吸引着他。溺水者的尸体由于腐败产生的气体，很快会漂浮上来，会在六到十天后在水面上浮现。现在是皮尔斯医生失踪的第八天了，河面首次有了清晰的能见度。

从山上一路走下来，奈杰尔一直都能听见船只的汽笛声穿越雾霭，引导船只在狗岛河湾处上下穿行。当他左转离开尼尔森街，他看见正在驶离码头的一艘船上的起重机、桅杆、桥梁结构和烟囱。接近涨潮时刻。空气中充满发动机的颤抖，扑鼻而来的都是熟悉的各种河水味道——柴油、淤泥、沥青、腐烂的砂石、化学烟雾——风吹过来的一阵酸臭的混合味道，其中还有一股盐味。码头上的旋转铁门还上着挂锁。奈杰尔走过卡蒂萨克号褐色的巨大船首。大船有三支桅杆和索具，停泊在码头左侧的隔离空间里。早起的工人们鱼贯进入穹顶建筑里，里面有升降机带他们进入泰晤士河下面的隧道里：他们推着自行车走在四分之一英里长的白砖墙的通道里，而在他们的头上，各种拖船、海船、货轮奋力航行着。

靠在栏杆上，向左望去，奈杰尔看着一艘蓝烟囱的巨型瑞典货轮，空载的货轮被两艘太阳号拖船拖离德特福德河对面的锚地。拖船倾斜的烟囱和下沉的船身在巨型的瑞典货轮船身面前显得相形见绌，让它们摆出一副谨小慎微和自高自大的样子。为了避开潮水的最大推力而紧贴着河岸，三艘吃水深的荷兰家族船舶接连向上游驶去，它们的马达声隆隆作响。路过船舶的波浪掀起的水墙向奈杰尔和穹顶建筑之间的石阶涌过来。格雷厄姆·兰德龙正好从穹顶建筑里现身，并迅速离开了。奈杰尔在想，这位年轻人这么大早就过河会干什么呢？

他自己也向海军学院方向走去。在码头边河岸形成的直角转弯处，一位老人正靠在铁栏杆边，伤心地看着河面。奈杰尔在他身边停了下来。河面上缓慢地漂浮着一些由东北风吹来的杂物——包装箱、成捆的干草、油漆桶、半只柚子、一只死猫、一只体操鞋、一只摩托车轮胎、成千上万的木片。有些木材足以做消失的帆船艉柱，还有从斯堪的纳维亚人经办的锯木厂漂来的木板，有些短得就像柴火。所有杂物拥挤着，像湿透的大杂烩一样在河里起起伏伏，如同水面的油污一样，被路过的船只掀起的水浪压低以后又被风斜着吹向潮水那里。

"所有的木头，"伤心的老人说道，一边狠狠朝河里吐了一口痰，"都会顺河漂走。然后，又会漂回来。来来回回，年复一年。引人深思，先生，不是吗？"

"我无法理解的是，"奈杰尔说道，"为什么整条河不会被堵塞，像浮冰堵塞河道那样。其余的木头都会去哪里呢？几百年来，人们年年都往河里丢弃木头，还有一些是从码头的货船和驳船里掉下来漂走的。它们常年不沉，早就应该堵塞河道了。"

"时间，"他身边的同伴插话，"就像滚滚的河流夺走了它们的孩子。"

"是的。但是——"

"这条河玩的怪把戏。"老人说道，一边捋着胡须，"多年前，一位我认识的家伙在格伦托码头的一艘德国船舶上系缆绳落水了。不会游泳的他就沉入水中，像一块会流血的生铁。格伦托码头就在发电厂那边的河边。"老人用手指着东面，"现在，先生，你认为他们能在哪里发现他的尸体呢？"

奈杰尔全神贯注于这个问题："取决于他落水时潮水的状况。"

"可能就像现在的退潮期。"

"嗯，我猜退潮会沿着河底把他吸走。但是，狗岛附近的河湾向南水流强劲，因此他会被推回这边河岸，不是吗？"

"那是你的想法，"老人津津有味地答道，"但是他们过了几个星期在那边发现了他。"他把头迅速扭向远处河对岸的拉鲁达码头的方向，"没有人能解释清楚。有可能因为漩涡——他可能落入了发电厂的出水口。有人说是吸水口。"

"吸水口？"

"过往船只的螺旋桨，会把你吸过去的，明白吗？也会把你打碎。老波特就是这样被打碎的，真是恐怖极了。"

"生命之中，死亡同在。"

"你说的很对,孩子。"他暗淡的眼睛心不在焉地看着奈杰尔，"啊，古老的母亲河泰晤士河，它一直都让人捉摸不透，你得一直留意它。我的一个伙伴，是一艘拖船的大副……"

听完他的另一个悲伤的回忆以后，奈杰尔告别这位码头工人，朝海军学院走去。学院灰色的石墙在阳光下熠熠生辉。他一直走到河滨大道的尽头。这里，在特拉法加酒馆附近的浅湾，另外一堆的杂物缓缓地在漂浮。在酒店下面的黑色墙体上明显可见高水位线——就在底层中间窗户的小阳台下面两英尺处。奈杰尔突然想起，在高水位时，从这样的窗户扔出一具尸体连浪花都不会激起的。他心不在焉地看着

"麻鹬"赛艇俱乐部的木栈道,在脑海里盘算着。今天的高水位在早上6点左右。在皮尔斯·兰德龙医生失踪的晚上,高水位应该在晚上10点钟左右。在晚上11点左右,退潮的水流非常强劲。

奈杰尔沿着特拉法加酒馆的背后走了一圈,先沿着克莱因大街,走过圣三一医院——一座17世纪的救济院,在它玩具似的门廊上方可见发电厂的大烟囱。然后,他走在发电厂嘈杂的传送机下面,又穿过废铁收购站,出现在卡蒂萨克酒馆对面的河滨。在远处的码头那里,掩映在围墙中,一艘泰晤士河驳船停在那里,一面写着"船难"的绿色旗子在桅杆上飘动着。这肯定是哈罗德·兰德龙数年前买的那条船。奈杰尔凝视着那堵墙,那艘驳船的船首正好从墙上突出来。船舷有些地方已经破了,甲板中间的一些木板也不见了,露出里面一堆膨胀的淤泥和一汪水坑。方向盘已经松开半转着,波浪撞击着船舵,撞击声应和着远处空洞的雷声,就像《瑞普·温克尔》里面撞柱游戏的声音一样。这时候,涌浪撞击着罗威尔码头的一排排空驳船。

就在驳船的远处,一座房子的屋顶和上层清晰可见,其余部分都被高墙遮挡住了。墙上开的门是进出通道,房子的右前方就是河。"就坐落在卡蒂萨克酒馆和罗威尔码头之间",哈罗德·兰德龙曾经告诉过他。兰德龙住的地方真的很奇怪——衣冠楚楚的年轻伦敦绅士和他充满异国情调不安分的妻子——在这嘈杂的铆接加工厂边,靠近满是粉尘的发电厂,忍受着废船解体厂环氧乙炔炉子的震天声响。他们离酒馆倒是方便,可以欣赏狗岛下游美丽的河景。但是,这样的环境还是和两位个性不符。毫无疑问,奈杰尔想,一开始莎伦也许会觉得"有趣"，这对她来说是一种新奇的感觉（当然，他们住的可是免房租的房子，是哈罗德母亲的房子），不过新奇感很快就消失了。

泰晤士河对岸传来了几声汽笛声。8点了。奈杰尔开始沿着阶梯往回走，他饿了，想吃早餐。在布拉斯特码头，他看见从西印度码头方向有一艘警察汽艇开始巡逻，船头涌起白色泡沫。他再次来到特拉法加酒馆外的滨河大道上，一艘轮廓优美的西班牙白色汽船正向东航行。一群海鸥尖叫着在空中翻飞，在一堆杂物上空盘旋。正当奈杰尔拿出双筒望远镜准备仔细观察时，一位警察从正在发电厂卸货的运煤船后面出现了。这位水警也看到了奈杰尔看见的景象。在双筒望远镜的圆形镜片里，今天清晨最意外见到的东西清晰可见，也是这些天苦苦追寻的东西。他像命中注定一样走到这里发现：一具被水泡透的灰白色遗骸，上面盘旋着一群海鸥，在波涛汹涌的河面随着杂物一起缓慢地漂浮着。

水警站在尸体的背风面，挡住了奈杰尔的视线。在船舱后甲板上，两位警察忙碌着，一位拿着船钩，另一位拿着一捆绳子。大风和潮水震得水警摇摇晃晃，奈杰尔不久就看清楚他们抓的东西了。当它被拖上船时，绳子就套在胳膊下面，躯干还在水面上直立了一会儿。腐烂和浸泡让脸部肿胀得无法辨认：肿胀的舌头从肥大的嘴唇里鼓出来，表情痛苦；破损的眼睛覆盖着白色的油污；只有银白色的头发和胡须暗示，这可能是那位优雅而又活力四射的皮尔斯·兰德龙医生的遗骸。

警察们又拽了一下，他们的脸色紧绷，充满了厌恶。当尸体划过船舷，奈杰尔看见它的双腿没有了。警察们把它放在甲板上，上面盖着一层油布。汽艇很快就全速开走了。

奈杰尔向家的方向走了几步。然后一冲动，又转回身，急匆匆朝哈罗德·兰德龙的房子走去。墙上的门没有上锁。他穿门而入，越过一所小院子，用力敲打前门，又按了几次门铃。最终，哈罗德·兰德龙穿着大红睡袍，散乱着头发出来了。

"究竟是谁……啊，是你。出什么事情了吗？"

"我能进来一会儿吗？"

哈罗德把他引到客厅。客厅宽度和屋子一样宽，三面高大的框格窗俯瞰着河面。奈杰尔坐在靠窗的位子，上面有红皮革的垫子。房间里铺着素色的桦树护墙板。另一头有一个小餐厅，被一扇玻璃移门隔开。鲜艳的墨西哥垫子装点着梨花木的地板。看上去简直就是优雅现代主义风格的理想家居展上的样板间。只是厚厚的一层灰覆盖在屋里的盆栽植物、餐桌和书架上——一副悲哀和没精打采的样子，看上去就像被宠坏的孩子遗忘的昂贵的玩偶屋。

"我认为你父亲已经被找到了。"奈杰尔说道。

哈罗德·兰德龙看了奈杰尔一会，一副惊慌失措的样子。然后，他的眼睛亮了一下（假惺惺的一亮，奈杰尔想）。

"找到啦！哦，那太好了。感谢老天爷。我们现在就去……"

"对不起，不是活的。我刚刚看到一具尸体从河里打捞出来。很有可能就是他。"

"天哪！太糟糕了！"哈罗德颤抖着双手点上一支香烟。然后，出于礼貌，将金盒子递给奈杰尔，说道："谢谢你来告诉我，这某种意义上也是解脱。我们一直非常焦急、忐忑，你明白的。"

哈罗德紧绷的身体轻松下来，看得出，这确实是一种解脱。

"我认为你会在警察来之前立刻打电话给你哥哥，透露这个消息。有些时候，警察……会有些粗暴。"

"会的，当然会。我真的很感激你——"

他中断了一下，也许差一点就说出"我感激你的善意"了吧？奈杰尔认为，这句毫无意义、庸俗的商人术语会自然而然从他嘴里说出来。

"真让人震惊不已。"哈罗德·兰德龙说道，"我真的难以接受。我父亲是一个很好的人，受人爱戴，他还充满活力。"

哈罗德似乎在长篇大论做演讲，这可是饿着肚子的奈杰尔忍受不了的。

"难道你不应该打电话吗？"

"对。"哈罗德依然没有动弹，"你说，你在哪里见到……遗体？"

"就在特拉法加酒馆外面，遗体的双腿不见了。"

"什么？没有双腿了？"门口传来一个沙哑的声音。莎伦涂了一些唇膏，她肿胀的眼泡和凌乱发型一点也不吸引人。

"亲爱的，你本来不必……斯特雷奇威先生正在调查，我想，你必须做好接受惊人消息的准备。"哈罗德在他老婆的身边抖抖索索，一副怕老婆的样子，但是这又明显在考验她的耐心。

"你的意思是他们已经找到他了。"她问道，一边剧烈地咳嗽起来。

奈杰尔将看到的事情告诉了她。"当然，我还不是绝对确信。但是有白发和白胡须。并且，身材相近。我们很快就会知道了。"

莎伦将红色的头发从眼睛边上向后一甩。

"但是，没有双腿是怎么搞的呢？"莎伦问道。

"他肯定是卡在船舶的螺旋桨里了。"

莎伦优雅地走了三大步，走到一个长腰形的椅子边上，坐了下来。

"嗯，他自己感觉不到的。"

"莎伦！亲爱的！"哈罗德抗议道。

"好吧，他死了，不是吗？我是说他之前就被淹死了。"

"我想是的。"奈杰尔说道，"淹死是比——痛苦得多。"

"我太太的意思是，她很高兴他没有像你后来说的那样受罪。"哈罗德固执地说道。奈杰尔看着窗外，心里想，他依然被这女妖精迷得神魂颠倒。浪花拍打着窗户下面五六英尺的水墙。一艘拖船周围的灰白泡沫堆在它宽阔的船首，另外还有四艘空驳船并排靠近直水道，发出四声汽笛声，然后又响了两次。

"向港口九十度转弯。"哈罗德心不在焉地说道。

"水手少年！"莎伦不无讽刺地说道。她把无精打采的绿眼睛转向奈杰尔："哪天他一不小心就跑到海上去了。"

"好吧。我最好去打一个电话。"哈罗德满腹心事地说道。没有人反驳他，他就去了。莎伦悄悄地坐到靠窗的位置，靠近奈杰尔。她的外套开着口，一阵温暖的女人体香飘荡出来。

"这可会令可怜的詹姆士大哥心烦意乱的。"

"只有他会吗？"

"贝姬也会难过的。但是，对她这也倒是仁慈的解脱。但是，詹姆士——他一直吓得发抖。病人们会怎么说？高级合伙人自杀了。哦，天哪，哦，天哪！"

"什么让你觉得皮尔斯医生是自杀的？"

"别的还会是什么？"她的眼睛盯住奈杰尔，一副充满算计的神情，甚至有一丝兴奋，"你不会暗示——他们所说的'不正当行为'吧。"

"或者意外，谁知道呢？无论什么情况，詹姆士将很尴尬。那么，格雷厄姆呢？"

她的眼神开始迷离："他会怎么样？"

"他会难过吗？我的印象中他倍受宠爱。"

"年轻的格雷厄姆感到难过才怪呢。"她皱着眉小声说道。

"这才来到哈罗德这里。"

"我想是的。但是，这有什么用呢？为什么你老关心我们哪一个人会担心呢？而你不关心自己额头的皱纹呢？他们不是更有趣吗？"

"你和哈罗德对钱更感兴趣，我想。"

奈杰尔一度认为她会用血红的指甲来抓挠他的脸。但是，她控制住了自己，把它们攥在手掌里，用沙哑的呜呜声答道："是的，我们是这样，但也是为了可以离开这个讨厌的垃圾场。"

"你们不喜欢吗？我认为这是一座十分浪漫的房子。"

"我也曾经这样想的，"她愤愤不平地说道，"当然，你们这辈人不懂浪漫，不是吗？"

浪漫？奈杰尔心想。贫困地区、饥饿示威者、小丑般的统治者带来新野蛮时代？"你们不抱幻想、十分现实、我行我素？"

"我们的人生只有一次，为何不去享受人生呢？"

"为什么不呢？只是那会让你变得厌倦或者急躁。或许你就喜欢那样。"

莎伦神秘一笑，眼睛一亮。她唤醒了这位冷静的男人。她认为唯一的敌意来自性别对立，对她而言，这是产生暧昧的一个苗头。

"不总是这样，"她说，"告诉我，你是专一的男人吗？"

"我可不会饿着肚子考虑这样的问题。"

莎伦喘了一口气，似乎他重重打了她一拳头："我得说，你他妈的真会侮辱人！"

"我认为你违反了浪漫原则。"

她若有所思地看着他。然后，身体往回靠，高耸着肩胛骨，她说："要我给你在这里弄早饭吗？"

"为何不吃早饭呢？"哈罗德·兰德龙边走进屋子边说道，"请留下吧，斯特雷奇威先生，好吗？我们可以给你家里打电话，告诉他们——"

"你们真乐于助人。但是，我得走了。"

莎伦用滚烫的干手握住他的手告别。他走出屋外，还可以感觉到她在背后盯着自己，如同路边的荆棘一样令人如芒在背。

第五章

致命伤口

第二天早饭后,奈杰尔走到兰德龙家。詹姆士·兰德龙昨天晚上给他打电话叫他过来的。周日的城里一片静寂。公园里也只有几个人在走动,遛遛狗什么的。一些纸片在马路上飞起来。这时,奈杰尔来到了山脚下,脑海里想着病理报告,报告的梗概刑事侦缉部昨天晚上就给过他了。正是这份报告,使得皮尔斯医生的死因比他的失踪还要神秘和怪异。

詹姆士医生将他带到大厅左边的一间屋子,一间四四方方的房间,护墙板刷着纹理漆和树节,看上去像是剥了皮的原木,房子中间一张大桌子，壁炉的两边凹室里装着书架。

"这是我父亲的书房。"

奈杰尔评论了一下护墙板。

"我母亲去世前为他安装的，是他的生日礼物。"詹姆士·兰德龙忧伤的脸因为回忆而变得苍白。他停了一下，突然说道，"其实，他根本就不喜欢。"

"不喜欢吗？"

"他这人非常尖酸刻薄，虽然我不应该那样说……"

"可以想见，"奈杰尔大胆说道，"他不大容易相处。"

"我母亲倒是一位圣人。"詹姆士脱口而出。似乎意识到这样讲可能有点过分，他耸了耸沉重的肩膀，又说道："我们正处于困境之中。"

"是指病理报告吗？"

"你听说了？我还没告诉别人。事实上，我不知道怎么应对。"

"你想叫我帮忙，给一点专业建议？"

"是的。"詹姆士看上去大大缓了一口气，"你算是这方面专家吧？你在晚宴上说，你干过这样的事情。"

"当然。但我必须讲清楚，我不会和警察对着干的。"

詹姆士看上去很惊讶。"当然，我绝不会私了案件的，无论如何也不会。"他又急切地接着说道，"如果涉及到重罪的话，我的意思是，按照……"他气急败坏地欲言又止，就像一辆快没油的汽车。奈杰尔巧妙地为他解围，问他是否能和家人一起商量一下。詹姆士到外屋去召集他们，并给哈罗德打电话。

这个头脑简单的孩子在父亲阴影下长大,爱炫耀、社交无能、不懂幽默,现在阴影消散,有可能再次茁壮成长。可能成长为自信满意的医生,致力于维护母亲,憎恨父亲虐待她。由于家人反复灌输,他被悲剧给他行医可能带来的影响吓坏了。但这足以解释他试图徒劳掩饰的极度不安或困惑吗?

为了不再枯燥地沉思,奈杰尔开始在房间里兜圈子。他对皮尔斯医生的优雅品味知之甚少,这里的书籍倒是告诉了他一些:有两架艺术图书、一排传记、一套经典小说、现代小说和一些诗歌。在外科手术一排里有几本医学教科书,皮质书桌的抽屉没有上锁,毫无疑问,这是在搜寻失踪的日记之后没有关上。

奈杰尔最关心就是这本日记。皮尔斯医生真的记日记了,还是为了某些不可告人的原因,撒谎了呢?如果有日记,就有四种可能:要么皮尔斯医生毁了它或者藏起来了,要么别人毁了它或者藏起来了。皮尔斯医生似乎也不可能藏得这么隐秘,至今没被家人发现。那么,他会毁了它吗?他确实会这样做,如果它记载了他不想死后公之于众的内容。这就说明,在晚宴上宣布记日记之后,他有点意识到他会很快死去:这暗示是自杀。按照病理报告,自杀完全不可能。那么,某位家人会毁了它吗?因为日记会暴露真凶吗?有可能,但是在皮尔斯医生失踪后,要么出于保护凶手,要么出于消除那些日记公开会令他感到尴尬的东西,日记也有可能被某位家人销毁。第四种可能——某位家人将它藏起来,说明目前日记很危险或很尴尬,将来可能会很有用处。用来敲诈吗?用来自我辩护吗?为了某个人辩护吗？

奈杰尔想起了更清楚的事情，日记本身。皮尔斯医生会在里面记下什么？他是那种会买一本装帧精美、皮革封面日记的人。与此同时，直觉也告诉他，这位老人同样会在手边方便的纸上匆匆记下……他怎么说来着，"并不全是忏悔，也会规划资产负债表"。一位医生手边方便的会是什么呢？处方便笺？记日记有点太小。一本病例册？是的，奈杰尔兴奋地想到。那就能说明为什么找不到日记本了。医生的病例册是绝密的，即便是他自己的家人也会觉得难以一窥究竟的——瑞贝卡，如果是她去搜寻日记的话，也会这样的。警察随后的搜索也可能涵盖了诊所，但是，那时候病例册和日记一道，已经被拿走藏起来了。从皮尔斯医生的就诊记录中，很容易就可以找出是否有病例册不见了。

一辆小汽车在门外停了下来，是一辆捷豹汽车，从里面走出来的是哈罗德·兰德龙。从前门走进来的时候，他大声叫着詹姆士。詹姆士从楼上跑下来，把奈杰尔和哈罗德领到楼上的客厅。早晨的太阳照射在白色的护墙板上，也照射在墙上精美的图画和色彩精美的地毯上，以及窗帘和家居装饰上，同时也照射在瑞贝卡、格雷厄姆和沃尔特·巴恩身上，他们坐在那里，像一位画家的家族肖像画一样——这一切看上去就像是一家高级沙龙。沃尔特·巴恩甚至令人意外地穿上了一套周日西装。不只是亮堂的房间令奈杰尔感到一丝轻松——比起那天晚宴上的愁云密布，这是一种令呼吸仿佛更加顺畅的氛围。

詹姆士胳膊斜靠在壁炉架上，笨拙地填塞烟袋锅，告诉大家他正在寻求奈杰尔的帮助，然后唐突地将烟袋锅递给他。安慰一番大家之后，奈杰尔转头看着瑞贝卡："你哥哥和我已经听说了病理报告的梗概。听上去令人不太舒服。如果你愿意——"

"请你告诉我们吧。"她说道，抬了抬下巴，注视着奈杰尔。尽管她的眼睛里满是悲伤或是疲惫，她的举止中却添了一丝不易为人觉察的端庄。"我是医生的女儿。"她继续说道。

"好吧，医学证据证实，你父亲那晚失踪后可能就死亡了。也不排除他是在此后两三天才死亡的。死因还没有完全弄清楚。"

"确定不是淹死的吗？"格雷厄姆目无表情地盯着奈杰尔。

"不是，如你们所知，他的尸体是在河里被找到的，而且被大轮船的螺旋桨严重损毁。对调查来说，唯一值得庆幸的是，他的双臂还在。"

奈杰尔在一扇高窗前停顿了一下，仔细观察着五个人。他们看上去都显得茫然迷惑。

"警官昨天来了两次，都没告诉我们那些情况。"瑞贝卡说道。

"他偷偷告诉我的。"詹姆士说道。

"为什么，"格雷厄姆问道，"这会对调查带来进展呢？"

"因为两只手腕的动脉都被切断了。"奈杰尔直截了当说道。

"所以是自杀。"哈罗德说道，几乎是自言自语。

沃尔特·巴恩抬起圆圆的脑袋："那真奇怪。你的意思是老人自己在大雾中走到河边，只穿着一件外套，然后割腕投江，一气呵成？"

为了警告，詹姆士尴尬地咳嗽了一声。

"我们还是无法确切搞清楚。"瑞贝卡插话,"他的西装和内衣有没有失踪。"

"他那时候脑子肯定发疯了,"哈罗德说道,"这是唯一的解释。"

"是啊,但那些衣服,那件外套……"沃尔特开口说道。

"尸体是裸露的,也许衣服被螺旋桨扯掉并绞碎了。它们或许会被发现的。"奈杰尔停顿了一下,在窗口徘徊,"他究竟是怎么落入河中的,我们还不清楚。但是,落河前他已经死了,验尸官证实了这点。你们同意吗?"

"毫无疑问。"詹姆士说道,皱着眉头,一脸焦虑。

奈杰尔停顿了一下,看看还有没有人补充。哈罗德终于犹犹豫豫地开腔了:"我听不懂那些不可能的事。难道他不会自己投河?假设他冲动之下割开动脉,在昏迷中落水……或是决定跳河自尽。"

瑞贝卡小声哭起来。

"这种说法的弊病在于,"奈杰尔说,"没发现自伤后必然会产生的血迹。"

除了詹姆士,所有人都故作聪明地望着奈杰尔,满脸迷惑不解。他感到屋子里紧张气氛越来越浓,却说不出具体的紧张来源。有不止一个人,提高音调说着"自伤的必然"。

"是的。"他说,"你们看,只有两道割口,深度一样。"

格雷厄姆·兰德龙突然站起身,四处寻找烟盒,拿起一支,点着后又坐了下来。詹姆士医生站在壁炉架边,像石柱一样僵立着。沃尔特·巴恩拼命地挠着淡黄色的头皮。

"你能不能帮个忙，解释一下。"詹姆士冷冷地说，"我们这里的人都不懂法医学。"

"当然可以。兰德龙小姐，我很抱歉不得不提及一些细节，割脉自杀者，通常会去割颈静脉。在致命伤口产生前，他们会试探性地割几道其他伤口。无论是因为他们一开始缺乏胆量，还是因为他们不懂解剖学。"

"但你不能质疑，"格雷厄姆插话，"我父亲不懂解剖学吧。"

"确实不能。至于在一位医生和有决断的人身上，缺少试探性的伤口也说明不了什么。"

"然后呢？"

"你不明白吗？伤口的深度说明不是自杀。你父亲的双手都很灵巧吗？"

"不见得，怎么了？"

"如果你是右撇子，你会用右手握着剃须刀猛割左腕。这道伤口，至少会让你左手活动受限，以至于当你将剃须刀转移到左手时，就无法再在另一个手腕上割开同样深的伤口。"

"我懂了。"格雷厄姆呆板地说道。大家都默不作声，沃尔特·巴恩最终打破沉寂。

"一定是犯罪团伙干的。"

"哦，看在老天爷的分儿上！"哈罗德抗议道。

"不，我是认真的。假设他那晚决定出去走走，某个德国兵碰到了他，并问他要钱，照理说很容易得手。但老人拒绝了。他举起双手，想挡住意欲砍他的德国兵，接着双手被砍，然后被丢进河里。"

"我从没听过这样荒谬的说法。"哈罗德慢吞吞地说道，"父亲究竟为什么会在起雾的晚上出去散步？"

"也许是他饭后想去看看你和你老婆呢。"沃尔特答，不负责任地露出一个笑容。

"她不在……你这么讲到底什么意思！"哈罗德激动地叫起来。

"嗯，我那天晚宴前，听见他给你们打电话。'不，没那么着急'，他说，'我们明天再说'。或许他改变了主意，决定走过去。"

哈罗德脸气得煞白："你是在暗示？"

"放弃这个念头吧。"詹姆士插话说，"我父亲那晚很早就上床睡觉了。"

"他可以再起床。"沃尔特说。

"可服用了镇静剂之后，就不会了。"詹姆士说道。

"镇静剂？"瑞贝卡眼睛睁得大大的。

"在他胃里发现了阿米妥钠，十二粒。"詹姆士说，"他们也不确定具体剂量，但至少足以让他睡上几个小时。"

沃尔特再次抬起头："这就没法再说什么了！首先，有人试图给他下毒，然后……"

"现在不是插科打诨的时候。"詹姆士狠狠地斥责了他。

"不管怎样，你那天晚上在这儿干什么？"哈罗德问，"我第一次听到……"

沃尔特的圆眼睛转向他："我只是饭前顺便进来看看贝姬。下一个问题？"

奈杰尔瞥见，瑞贝卡看了一眼年轻的画家——是责备，质疑，还是恐惧？他决定将气氛弄得更紧张一点。

"警察会来彻查你们所有人那晚的行动。我建议，现在我们不要讨论这些问题。既然詹姆士医生委托我来帮你们，我就提醒你们，讲真话很重要。躲躲闪闪，或者为了保护某个人而撒谎，会造成无尽的麻烦和混乱。"

"绝对如此。"詹姆士威严地评论。

"说得容易。"格雷厄姆小嘴一撇，"为什么保护某人是一个错误？"

"斯特雷奇威先生意思是说，为了保护某人而向警方撒谎是错误的。"瑞贝卡严厉地说，看上去很像餐厅里她母亲的画像。

"我认错。"格雷厄姆小声说道，"我们的私家侦探从失踪的剃须刀中推论出什么？"

"失踪的剃须刀呢？"哈罗德附和道。

"是的。"奈杰尔说道，"你们的父亲多年前就不再用剃须刀了，但他留了一盒折叠剃须刀。据警察说，有一把不见了，并且在家里也没有找到。"

"那推论呢？"格雷厄姆语气平和、略带刻薄地坚持问道。

"要么皮尔斯医生离家时带着剃须刀，想在别处自杀——"

"手法未免过于娴熟。"沃尔特义愤填膺地说道。

"……要么有人在家里用它杀了他，又处理了凶器，或许和处理尸体的方式一样。"

詹姆士·兰德龙打破沉寂："那岂不是我们中有人……难以置信。"

"如果我用剃须刀杀人，我会擦干血迹，放回盒子里去的。"沃尔特故作聪明地说道。

"我可以想见。"哈罗德说道。

"恶心！恶心！"瑞贝卡大声叫道，"我们的父亲死了，不要去说这些了。"

沃尔特张着嘴，欲言又止。

"我猜你们的父亲会留有病例册吧？"奈杰尔问道。

"哦，是的。"詹姆士说道，"在诊所里。他锁在了一个橱柜里。"

"兰德龙小姐，你在寻找日记的时候，你确定没有想过去那个橱柜找找吗？"

"我找过，那里没有日记。"

"但你没有翻开病例册吧？"

"当然没有，它们涉及隐私。"

"我认为现在就得去查。"

"哦,不。"瑞贝卡慌慌张张地断然拒绝,"绝对不行,为什么要查？"

"斯特雷奇威先生认为，"格雷厄姆用前所未有的尊敬看着他,"父亲会在病例册的空白页上写日记。"

"对，你不让我检查病例册，是因为不想违背詹姆士医生的职业行规？当着我的面呢？"奈杰尔想，不难看出为什么聪明的皮尔斯医生会垂青于格雷厄姆，很明显，他比别人领会得更快。

"我不反对。"詹姆士说道。他在炉膛里敲掉烟锅，准备要走。此

60

时格雷厄姆微微做了一个手势。

"回到刚才的话题，斯特雷奇威。警察如何假定我父亲是在家里被杀掉的？痕迹在哪儿？挪动尸体的痕迹又在哪儿？"

"昨天下午，他们搜查了我和父亲的汽车。"詹姆士冷酷地说。

"他们也搜查了房子。"瑞贝卡补充，"我猜他们很快就会回来。他们真的很有礼貌，尽量避免打扰我们。"

"就像法警。"沃尔特笑着说。

"我能去搜查吗？或许你可以带我去。"奈杰尔对瑞贝卡笑着说，"等我和你哥哥看完诊所。"

詹姆士带奈杰尔走过侧面楼梯，打开附楼门锁。这里有诊所、药房和候诊室。诊所是一间狭长的房间，墙壁是奶油色的，一端有落地窗朝着花园。詹姆士打开橱柜，拿出一大摞病例册手稿。奈杰尔则打量着花园：左边有一棵酸橙树，前方一座花圃里长满修剪齐整的玫瑰。花圃前有一方草坪，在远处还有几座花圃，种着番红花和雪莲花，后面是房屋侧墙。

"这些东西，本该送去他的老医院。"詹姆士说，"它们被破例留下来了。你知道，他是一位优秀的诊断医生。当然，部分出于经验，那也不足够应对——人们还需要直觉和本能，我不知道如何称呼。"他的嗓音渐渐变低，出于专注的职业兴趣，开始随机看起来。

"都是旧的吗？我的意思是，每本都是？"奈杰尔温和地问。

"什么？哦，是的。"

"从最新的那本开始。"

詹姆士医生开始检查手里的一摞，年份从1959年到1960年，迅速地浏览着每一页。

"这对你来说，是件无聊的事。"他说道，"我来做吧，你最好回到屋子里去，好吗？"

"抱歉，我必须在这儿，这样就没有人控告你破坏证据了。"奈杰尔的语气很轻。詹姆士皱着眉头，颤抖着双肩，仿佛肩头有重担。

"如果我想破坏证据，我在过去的十天里任何时间都可以做到。"他说道，"另外，你怎么知道我发现日记会告诉你呢？"

"你当然会的，因为警察很快就会来查。如果你故意隐瞒，让警察查出来的话，会很糟糕。"

最新的病例册没有发现异常。詹姆士往回查，从1950年代的查到1940年代的。三刻钟过去了，他又回到1940年那本，从头到尾快速翻阅。"喂！快看，这本的结尾有几页失踪了。"

奈杰尔从他手里接过这本病例册，看见有四页纸被粗暴地撕掉了。"看起来有人已经破坏了证据。"

"我猜，是父亲自己撕的。"

"可他没带走这些纸张。没有不见的病例册吧？"

"没有。"

"好，继续往回查。不管有没有意义。"

詹姆士终于放下最早的那本。"查到头了。"他重重地叹了一口气，"没有别的纸张缺失。"

"我们拿走1940年的那本病例册，交给警察。你有没有报纸可以将它包起来呢？这样就不会留下我们的指纹。我可以给你开具接收证明。请不要将这个发现告诉任何人。"

现在，奈杰尔走到花园里，腋下夹着那本病例册，呼吸一下新鲜空气。连翘花正在玫瑰花圃的边上盛开。墙后面，他发现还有一个院子，木门通向伯尼大街。以前的马车房被改造成了两间车库。他走到花园的尽头，心不在焉地看着那些金灿灿的番红花，他悄悄地问花儿："假设那些缺失的页码就是皮尔斯医生的日记，那他为什么要选1940年那本病例册呢？1960年病例册空白页更多，用它写日记，更合情理啊。"番红花无语。"1940年发生了什么？第一场闪电战，二十年之前。皮尔斯医生的人生巅峰？还有什么深意吗？或者，这只是一个诱人的误导，想把我们引入一个死胡同？"

奈杰尔慢慢走回屋子。瑞贝卡·兰德龙正在父亲的书房等他。她的目光一下子看到了他腋下夹着的包裹。"你找到了想要的东西？"她问道。

"还没找到那些缺失的日记。"

瑞贝卡沉默着，等他往下说，但他并没有。她咬着嘴唇，明显有些懊恼，突然站起身，说："你现在想要搜查整个房子吗？"

"好的，请带路。我们从上往下搜，好吗？"

顶楼有几间储藏室，有两间用作备用客房。她告诉他：这里以前住着几个仆人，但是，仆人现在很难找，外国帮工不可靠。因此，最近如果瑞贝卡生病或者外出有事，会请一个女佣来打扫，另一个女佣偶尔来做饭。

"你喜欢亲自做饭,否则不会做这么好,不是吗?"

"是啊,那是一种亲情的束缚。"

真是奇怪的混合体,奈杰尔想。表面上无精打采、循规蹈矩的,实际上还很孩子气。即便现在,她也在扮演女主人的角色,但内心有一些长期被压抑的东西等待着爆发?

"你很想你父亲吧?"他试探性地问。

她端庄的脸庞靠近了一点,说:"我不知道……目前,我还没有什么感觉,只感到茫然和空虚。"她停顿了一下,试图厘清思绪,"大家都有些过分依赖他,我不是指金钱方面。"

这句话说得非常唐突,仿佛她马上要露出马脚。瑞贝卡急忙领着奈杰尔下楼:"这里以前是婴儿室,我们把它改造成卧室兼起居室。那儿有一间浴室,詹姆士和我共用。这是詹姆士的房间,很凌乱,女佣今天没来,我也没时间整理。"

这是一间舒适的、低顶的房间,窗户正对着大街。空气里弥漫着一股陈旧的烟草味。床上被褥凌乱不堪,仿佛詹姆士一夜无眠。有一个电气暖炉,一把舒服的扶手椅,几排摆放着医学书籍、侦探小说、旅游小说的书架,看上去一丝不苟。屋角壁橱里收藏着植物标本。

接下来,他们走进瑞贝卡的房间。奈杰尔怎么也没想到,房间会是这样。一间大房间,俯瞰着花园,和詹姆士的房间一样屋顶很低,飘窗上有儿童防坠栏杆。屋里满是老式家具:一张四柱床、有褶皱的梳妆镜、维多利亚时代的红木圆桌。壁炉架上还有一串小玩意、一个银版相簿。墙上有一些剪影画和暗淡的山水画。有两把柳条椅、一把婴儿椅、一块土耳其地毯，小桌子上摆放着一些银框照片和几个装着杂物的碗。一眼望去都无法尽收眼底。混杂之中，只有一件玩意儿带着当代气息：一台收音电唱机。

"这些都是我母亲的。"瑞贝卡满脸绯红地说，"她去世后，父亲原想拍卖掉那些东西，但最终还是让我保存了一些她的物品。"

"你当时多大？"

"十八岁，她去世已经八年了。"

"因此，你赢得了那场战役。"

"赢得……什么意思？"

"你父亲终于允许你保留那些物品，你刚才说的。"

瑞贝卡看上去有点不舒服："嗯，算得上是一场战役。当然，我现在明白了，他那时不喜欢这些东西。我猜，母亲的品位和我一样，没法投他所好。"

"你震惊地想，为什么他总想抹掉她的任何痕迹？十八岁的年轻人一定会感到震惊。"

"不再年轻后也会对此感到震惊。"她答，语气中有一丝冷淡。奈杰尔想，那是从她母亲那遗传来的苏格兰人的特质。

"是的。"他说，"为了自己的利益。那种充满激情狂想的忠诚会令人奋力保住别人的回忆，那是年轻人才干得出来的事情。也是令人敬佩的事情。"

被这些旁敲侧击的赞扬打动之后，瑞贝卡低下了头。

"这是你母亲吗？可以让我看看吗？"

"是，这是他们蜜月时拍的。她看上去很开心，不是吗？"

其实，奈杰尔想在银框照片中看清楚的，是兰德龙夫人身边那张男人的脸：那时，皮尔斯医生还没留胡子，阔眉向下，下巴尖尖，嘴唇朝上噘着，瘦削而聪明的脸上，闷闷不乐。

"有意思，"他说道，"你父亲的照片让我想起一个人。"

"哦？是谁？"

"会是谁呢？会让你想起一个人吗？"瑞贝卡仔细看着照片，慢悠悠地答道，"我并不觉得，可能我和他们太熟悉了。"

奈杰尔没有催促："那张床真是华丽，不知道人们拉上床帷时会不会感到幽闭恐惧。"

瑞贝卡朝他轻快谨慎地看了一眼，然后意外地笑起来："爸爸说我是在这张床上生的，我倒是可以躺在上面的。"

"你爱听哪些音乐？"奈杰尔问道，指着收音电唱机和旁边的唱片架子。

"莫扎特。他让我感觉年轻，快活热情。你不觉得他了不起吗？"

"同感。沃尔特也喜欢？"

"我试图让他喜欢。实际上，那晚我们正在播放单簧管五重奏和钢琴协奏曲。"瑞贝卡突然打住，"你听？"

"单簧管五重奏？"

"好像有电话铃声。"她跑到楼梯口，仔细聆听了一会儿，随即折返，说，"可能有人接电话了，我们继续吧。"

"希望没打扰你太久。"

"没事,格雷厄姆说他今天会做晚饭的,他现在做饭挺不错的。他在这里的海员医院做过一两年的饭。你想去看看他的房间吗?"

"请便。记得你说过,那是你母亲的房间。"

"是的,她去世后,大家都不愿住了。爸爸把格雷厄姆安置在这间屋子里。"

他们走下另一段楼梯。在楼梯底部客厅隔壁,一扇门半掩着。敲门后,瑞贝卡领他进去了。房间空着,主人不在,有可能在做饭。尽管装修精美,格雷厄姆的房间给人一种毫无个性的奇怪感觉,就像大学生暂住的寝室。没有书籍、没有照片、没有挂在椅子上的衣服,只有一沓吸墨纸摆在书桌上。

"这儿空荡荡的,不是吗?"奈杰尔说道。

"格雷厄姆把所有东西都放在了橱柜和抽屉里了,并且还上了锁。"

"这间房就在你房间正下方吧。格雷厄姆在这里住多久了?"

"让我想想,应该有七年了。"

"对你来说,收养一个弟弟一开始会觉得很怪吧?不过你们现在相处得很好。"

"刚开始,很难去了解格雷厄姆。当然,他那时才十三岁,明显处于人生的艰难时刻。"

"因此,由你来照管他吗?"奈杰尔朝她笑着说道。

"嗯,我努力去做了。"她皱了一下眉头,脸色不太好看,"事实上,我们几个很快就产生了分歧。我和詹姆士随母亲,不可避免地会觉得和谁心里最亲。哈罗德更随父亲。他比格雷厄姆大九岁,过去格雷厄姆一放假就跟在他后面。这样讲也许不太好。"

奈杰尔想,她现在变得健谈起来了。

"你能让我一个人完成搜查吗?"他问道。

她看上去有片刻的迷惑不解,然后,抬起下巴,说:"还是我陪你吧。"

他们走了八级台阶,来到一个楼梯平台,沿着一个通道向右转,又向左转。瑞贝卡走到尽头,打开一扇房门。皮尔斯医生的房间左手墙上有一个大大的窗户,俯瞰着外面的酸橙树、花园以及远处的小山。房间装修精美:一间大壁橱里面至少有两打西装,都挂在衣钩上,还有许多双带鞋楦的鞋子。奈杰尔注意到,床对面的墙上有三幅毕加索的名画。床头柜上放着一部电话,一盏迷人的改装油灯和一部小说《女逃亡者》,下层还摆放着一台收音机。

"这是浴室吗?"

"是的。"瑞贝卡说道,一直站在卧室门口,"想进就进去吧。"

浴室是奢华的,但奈杰尔看不出什么名堂。看了一圈,他走了出来,指着卧室窗户,问:"发现你父亲失踪的那个早晨,你和格雷厄姆进来的时候,窗户关着吗?"

"对,那天晚上的雾很大。"

"所有房间门都关着吗?"

"是的。"

"我想做个实验。那天晚上,你们什么时候开始放唱片的?"

一丝惊恐掠过她的眼睛。"肯定在9点钟左右。"

"放了多久？"

"嗯，断断续续，直到11点钟。"

"你现在上楼去你房间，放三分钟唱片，用你那天晚上的音量，放几分钟，然后关掉。关掉以后，静静坐着听。我会上来问你是否听见楼下有什么动静。记得关上窗户，好吗？"

"好吧，我就是有点不明白……"

她一走，奈杰尔就将皮尔斯医生的收音机音量调到中等。里面传来阴森森的声音。一段布道书。非常好。奈杰尔上楼，来到格雷厄姆·兰德龙的房间。关着窗户，他还是能够听到收音机里的牧师的声音。接着，他听到楼上瑞贝卡房间传来的莫扎特D小调钢琴协奏曲，声音很弱，偶尔能听到牧师的声音。几分钟后，唱片停了，然后，他四处走动，自言自语，打开窗户，挪动椅子。最终，他下楼关掉收音机，然后走回瑞贝卡的房间。

他的问题令瑞贝卡迷惑不解。她说，在唱片停下以后的几分钟里，没听到任何声音。尽管她不确定，她又认为她听到了有人在讲话，在楼下的房间里走动。

"请告诉我是什么声音？"

"我也不知道。"奈杰尔答，"我发现在格雷厄姆房间，可以听见有人在你父亲房间里讲话，从你的房间里就听不见了。但是，从你的房间里可以听见格雷厄姆房间里传出来的动静。"

69

"嗯,我只能告诉你这些了。"

"那天晚上你到底有没有听到什么动静?"

瑞贝卡犹豫了一下,满脸通红,说:"真的不记得了。"

奈杰尔没再追问,他确信瑞贝卡没有讲实话。

第六章

7+13=20

奈杰尔看了一眼椅子扶手上的那张纸,那是他调查的惯例,去记录下那些出乎意料、自我暴露、矛盾重重、含义模糊的当事人所做或所说的事。并不是那些凭借他非凡的记忆力会忘记的东西。将这些纷乱随机的东西记在纸上,有时会形成化学反应,开启某种记忆模式。

皮尔斯·兰德龙:"我亲爱的儿子,像我这样大的年龄,一个人的寿命不可能再延长,人们就会觉得有必要,不光是为了忏悔,也为了规划资产负债表……写日记成了我人生新的兴趣,或许还能延年益寿呢！"

詹姆士·兰德龙：贪吃鬼，充满不安，精力十足？"如果我想破坏证据，我可以在过去十天里任何时候做到。"

哈罗德·兰德龙：在回答沃尔特暗示皮尔斯医生有可能在饭后去看哈罗德和莎伦时，"她那时不在……你究竟什么意思说他来看我们！"……那时不在家吗？

瑞贝卡·兰德龙：她说和格雷厄姆一起去寻找父亲。为什么这会在脑海里挥之不去呢？另外还有，"那晚……我们在放单簧管五重奏和一些钢琴协奏曲。"

格雷厄姆·兰德龙：根据瑞贝卡描述，父亲失踪的那晚气氛为"爸爸在等什么事发生"。周六大清早，他过河干什么？

沃尔特·巴恩：不只是小丑，我看一眼就够了。

奈杰尔读着这些零散的记录。停了一会儿，他拿出一支笔，在下面写上：7+13=20，1960-20=1940。参照爱姆说的，在1940年闪电战期间，皮尔斯·兰德龙表现得"好像根本不在乎生死"。

一辆汽车在外面停了下来。来到窗户前，奈杰尔见到一辆警车，看到自己的老朋友、苏格兰场的刑事侦缉部警长赖特走下车来。赖特看上去更像一名导演，瘦长脸，戴着角质边框眼镜，长着一双警惕勇敢的眼睛。

奈杰尔领他到工作室，克莱尔热情地吻他脸颊以示欢迎。在她面前，赖特喜欢故作姿态。他好奇地看着这尊裸女雕塑。

72

"好吧，你已经有些进展了。"他发表见解，"重要且具体的进展。"

"你听到了我家女佣说的话了吧。"

"别和我说！我知道。"赖特走到屋外，又迈着沉重的脚步走回工作室，心事重重地围着这尊裸女雕像转，"这雕像真恐怖，让人起鸡皮疙瘩。要我擦掉上面的灰尘吗？"

克莱尔大笑起来："我去拿些喝的。"

"谋杀刑侦组来了？"奈杰尔问。

"刑事侦缉部一流侦探手里事太多。码头区一连串的盗窃案，还有一群暴徒恐吓射手山的体面居民……亨德森能找到目击者吗——'对了，你昨晚在家吗？一群年轻匪帮在你家对面砸店铺的玻璃'。'在家，可我什么动静都没注意到'。有流言说，贩毒团伙将基地移到河对岸去了，禁毒小组和亨德森正在一起处理。谢谢你，马辛格小姐，请给我一大杯苏打水，再加点氰化物。"

远处清晰传来圣阿尔菲哥教堂的钟声，宣告周日晚祷时间到了。

"上天堂还是下地狱，"赖特说，"我和亨德森长谈过。他给了我一堆废纸叫我今晚做功课。你今晚又有事做啦，斯特雷奇威。"

"你和刑事侦缉部相信，这是场谋杀案？"

"嘿，怎么了？那家人贿赂了你，让你说他是自杀或别的什么吗？"警长的语气温和却揶揄，眼睛电光火石般犀利地看着奈杰尔。

"你听说过，有人被割开手腕身亡吗？"

"凡事总有第一次。"

"老人死法令人震惊，会留下大量血迹。但在家里、附楼和花园里，一点血迹都没有。"

"这就让自杀变得更加不可能了。"

"我知道。谋杀现场像是在别处,不像在他家里。"

"为什么?"克莱尔心不在焉地问。

"为什么?难道你看不出?"

"罗马人过去在浴缸里切开动脉。假设皮尔斯也那样做了,流血而死,有人事后用水仔细冲洗过浴缸,就不会留下痕迹了。"

赖特热切地看着她,眼睛闪亮。

"如果情况如你所说,那么发现他死亡的人,为什么甘冒巨大的风险和麻烦,把他扔到河里呢?"

"是啊,如果他是在浴缸里被谋杀,"奈杰尔说,"他应该被伪装成自杀的样子。所以为什么要把他扔到河里呢?"

"为什么还处理了他的折叠剃刀?"赖特问,"为什么不把凶器留在死者身边?"

"我想,安眠药也可以起到作用。凶手可以在晚餐中下药,让他早点上楼,去毗邻浴室的卧室,缓和一下。皮尔斯医生也可以自己服药,来减缓自杀的痛苦。"

克莱尔蜷曲在沙发里,像猫一样轻轻发抖。"真相也许很恐怖。皮尔斯医生毕竟是头面人物,他很优秀。"她叹了一口气,接着说,"自杀的人不都会留下遗书吗?"

"失踪的日记里或许有他的遗书。刑事侦缉部找到线索了吗?"

"有两组指纹。"赖特答,"都在失踪页的左手页码上。一组是皮尔斯医生的，另一组可能是詹姆士·兰德龙医生的。我们明天会去采集他和家里每个人的指纹。纸张是被撕掉的，不是被剪掉的。"他打了一个手势，用左手指弄弯一本虚拟的练习簿，右手指撕掉页码。"你看，左边的页码上应该会留下明显的拇指指纹。但事实是，只有模模糊糊的印记。这说明什么？"

"当然是手套。"奈杰尔说，"如果页码暗示你有罪，你就会戴上手套。"

"暗示你有什么罪？"

奈杰尔笑着说："你想让我相信这是场谋杀吗？撕日记的人可能还有其他理由。"

"比如什么理由？"

"例如，也许他希望自己的指纹不要留在页码上，希望用那些失踪的页码作为对付别人的手段。"

"天啊！难道一桩罪行还不够受吗？"赖特不耐烦地站起身，走到架子前，上面摆着一排古色古香的陶马，刻着嘴套，都是克莱尔随心之作。"我们在做我根本不愿做的事情，没有事实依据的推理。"他拿起一匹陶马，假装喂它一块糖，叫它吃下去，"谋杀案通常需要成千上万的人穿着雨衣，上门询问成千上万的人一些简单的问题，才能解决。"他继续说，走到奈杰尔的椅子边，用手指捅刺那些纸张，"而不是通过抽象等式解决。7+13=20，1960-20=1940——这些究竟有什么用？"

"亲爱的伙计，也不是那么抽象。我只是奇怪，如果那些缺失的页码真的是皮尔斯医生的日记,他为何选择1940年的病例册,而不用空白页码很多的1960年的病例册? 1940年有什么特殊意义吗? 嗯,他是闪电战的大英雄,不惧生死的英雄。"

"大概如此。7+13=20是什么?"

"瑞贝卡·兰德龙说,七年前,格雷厄姆·兰德龙十三岁,他被皮尔斯医生收养。因此可推算出他生于1940年。"

"那又怎样?"

"我也不知道,可能我对这些数字有些执着。"

"如果我是你,我会执着到底。"

"有没有人觉得,"克莱尔停了一下说,"收养格雷厄姆有些奇怪?"

"怎么奇怪了?"赖特问道。

"我们得知,他父亲是皮尔斯的好友,死于战火。为什么皮尔斯直到1953年才收养他?因为格雷厄姆的母亲那时活着?有可能。但我们不知道她什么时候死的,对于像皮尔斯这样一个自私、信奉父权的人来说,收养他难道不显得过分吗?犹太人如此重视自己的骨血。我很惊讶,他不只是把格雷厄姆带进家里教育他,甚至把他当成家人,给他名分。"

"我不惊讶。"奈杰尔说道。

克莱尔瞪大她乌黑的眼睛,看着他。

"我强烈怀疑,格雷厄姆是皮尔斯医生的亲儿子。瑞贝卡有一张照片,是她父亲二十刚出头和妻子度蜜月拍的。年轻时的皮尔斯和格雷厄姆很像。"

"难道他的家人不会想到这点?"

奈杰尔耸耸肩,说:"不知道。如果是真的,这可以解释皮尔斯在妻子死后收养儿子的怪异行为。妻子如果活着,他不能收养,要么是这样做不体面,要么是妻子知道他的底细。"

"好吧,"警长说道,"我不明白这对于案情有什么影响。如果愿意的话,你就深挖下去吧。你真是一个疯狂的考古学家,喜欢深挖过去。我得走了,有活要干。谢谢你的茶水,夫人!"

"稍等,我建议你让诈骗侦查组去调查哈罗德·兰德龙……"

"调查过了,亨德森的主意。还有什么吩咐?"赖特趾高气昂地朝奈杰尔笑。

"好吧,你这个其貌不扬的公仆!告诉你们的禁毒小组,哈罗德·兰德龙夫人或许已经是瘾君子了。"

"是吗?别给我吞吞吐吐的,所有的线索都有用。"

"我突发奇想,认为哈罗德夫人和格雷厄姆之间有某种共谋。我是在晚宴后注意到这点的,那也是我第一次见到他们。他们似乎同床共枕过。"

"这很有启发意义。"

"格雷厄姆曾做过爵士乐队的钢琴手和这里海员医院的厨师。"

"你说对了。印度水手会走私大麻,夜总会的性感女郎往往会吸食可卡因。其他人性格上有污点吗?"

"我还不能公开此事。"

"装腔作势。"

赖特走后，他们吃了咸肉和鸡蛋做的晚餐。奈杰尔和克莱尔谈论着皮尔斯医生的失踪之谜。克莱尔的手指在一团陶土上忙碌，想捏一匹戴口套的陶马，同时关注着奈杰尔焦虑的问题。

"让我们暂时忘记自杀和谋杀。"他说，"暂时假定，他在自己家自杀或被杀，尸体是如何被运到河边的？他很虚弱也很轻，但无法想象一个人会用推车或用麻袋背着他，那样做太危险，加上大雾天，太不正常了。"

"那他肯定用汽车运的。"

"的确如此。亨德森的探员已经用科学手段搜查了哈罗德的戴姆勒奔驰和詹姆士的莫里斯汽车，他们在汽车里面或后备厢都没有发现运送尸体的痕迹。"

"他们能找到什么痕迹？凶手用胶带绑住了死者手腕，因此不会留下血迹，另外，那时他应该已经不流血了。"

"头发啊，"奈杰尔说，"你不可能把尸体捆到后备厢或后座不留下一两根头发的。"

"如果你用粗花呢外套裹住头部，那就不会。"

"你说的有道理。"

克莱尔眼睛亮了一下："我有主意了！事情更简单了。如果凶手用皮尔斯的戴姆勒奔驰汽车，把尸体放在副驾，如果警察发现头发或除了血迹以外任何痕迹，都不要紧。你总会在他开过的车上找到他自己的头发。"

"很好，言之有理。我能想到的唯一选择就是，凶手借用了每晚停在伯尼大街的一辆汽车来完成运尸工作。但除非凶手是职业偷车贼，否则他不可能在不损坏汽车的情况下撬开汽车。那样车主会向警方报告。好吧，让我们假设凶手开着戴姆勒汽车，将尸体放在副驾，他会把尸体带到哪里去？"

"在那样的大雾天，肯定不会开很远。离河最近的地方就在码头。"

"但你无法直接开到河岸边。你必须将尸体拖行一百码，还得经过'卡蒂萨克'号帆船。"

"好吧，下一个最近的地点就是公园路，经过海军学院最东端的一条公路。凶手可以将车停在特拉法加酒馆的对面，只要十来步就可以到达水边。"

"是的，那里有路灯，但在雾天还是很安全的，除非凶手将尸体扔河里时，正好有人从特拉法加酒馆出来。"奈杰尔慢悠悠地说，"更安全的方法是沿着通往更东面河流的街道开车，那时的码头肯定空无一人。哈罗德·兰德龙家的房子的西面就是拉塞尔大街。佩尔顿路向东就是罗威尔码头。所有这些，凶手都了然于胸。"

"格林尼治时间呢？"

"是的，要考虑潮汐表。如果你想让潮水带走尸体，不在涨潮或退潮期抛尸是不明智的。"

"如果凶手只是想清理尸体，为了不让人在房子里发现呢？"

"那他没必要将尸体运这么远。伯尼大街沿线有很多垃圾场。尸体被扔到河里就表明，凶手想让尸体尽可能被晚些找到。"

"所以就很难证明皮尔斯医生是如何死的。"

"的确如此。如果轮船的螺旋桨切断的是胳臂而不是双腿的话,我们将绝不会知道他是怎么死的。"

克莱尔·马辛格在沙发上伸伸腿脚,盯着天花板:"如果是谋杀,我敢说凶手很走运。"

"走运?"

"在适当的时间,有浓雾又有涨潮,家里其他人又分散在不同的房间里。"

"也可能是耐心。他可能等了很久才等到这些时机。包括海姆斯夫人的分娩,可以让詹姆士医生那晚离开家几个小时。"

"你敢肯定他是在那晚被谋杀的?也许是凌晨时分。"

"我认为他死在自己家里,当然也没百分百的把握。或许像哈罗德说的那样'脑子发疯',在镇静剂失效后出去走走,在某个隐蔽的地方躲了一段时间……这太不可能,我们可以忽略。另外一个可能性就是,他是在头脑清醒状态下离开家的。"

"换好了西装、衬衫和内衣。"克莱尔插话。

"为什么?"

"那听起来不太可能,暂且不提。但他不会是因为紧急电话出门的,因为他医药箱没拿。能让他在大雾天外出的,我能想到的唯一可能应该是家人的恳求。哈罗德·兰德龙在饭前给他打过电话,皮尔斯医生原本说等明天见他。有可能他改变了主意……"

"在镇静剂作用下睡了几个小时以后?"克莱尔怀疑地问道。

"……可能在改变主意后,去了哈罗德家。"

"但他这样的年龄肯定不会吧?他可以打电话给哈罗德叫他来这儿,来克罗姆山的家。"

"我怀疑皮尔斯医生还没有老到会凭冲动行事,那样很不理智。好吧,他走到哈罗德家……"

"别忘了叫他带上折叠剃刀。"

"克莱尔,真该死。让我讲完我的推测,你再去推翻它。没有证据显示盒子里的剃刀不久前被挪动过。"

"好吧。老人去了哈罗德家,然后呢?"

"如果是哈罗德生意困难重重,如果他父亲拒绝给他钱还账,哈罗德就有强烈的动机杀人。此外,他窗户位置极为便利,就在河岸边上,方便抛尸。"

"有个不小的问题。"克莱尔说道。

"哦,是吗?"

"性子别那么急。假设哈罗德急需钱,他肯定不会把他父亲的尸体以这种方式处理,以至于几周都发现不了。他希望立即从老人的遗嘱中提前支取一些钱。不管如何,哈罗德在切开父亲的动脉时,漂亮的莎伦在干什么,尖叫着鼓励他?"

"你今天晚上真难对付,亲爱的。其实,我怀疑她那晚出去寻欢作乐了。我今天早晨和他家人谈话时,哈罗德说了一些话,当沃尔特·巴恩暗示皮尔斯医生有可能去看他和莎伦时,他变得怒气冲冲。此外,他们都有清白的理由。或许,我们最好坚持调查戴姆勒奔驰汽车……"

第二天早饭后,赖特警官再次出现,奈杰尔立刻说:"在审问嫌疑人之前，你有必要派人去调查一下特拉法加酒馆，以及佩尔顿路北端和拉塞尔大街的住户。"

"调查什么？"赖特满脸茫然。

"是否有人看见皮尔斯医生的戴姆勒在那个夜晚停在街道尽头的河边？"

赖特面无表情的脸上出现了一丝变化："这样说真有趣。我昨天晚上就叫人去特拉法加酒馆问询了一些附近的居民。有一个人，他上周外出了，最近才回来，记得在那晚11点15分看到过一辆戴姆勒，他认出是医生的车。这位绅士在睡觉前还匆匆出去遛了一下狗。汽车就停在街对面，空无一人，大概离码头只有十码远。我们的证人散步穿过街道，差点撞到车上，因为大雾太浓。"赖特说，"现在，你介意告诉我，你是怎么偶然发现这些情报的吗？"

"通过不充分的事实基础推理得来的。"奈杰尔说道。

第七章

连锁反应

当一辆警车在兰德龙家门前停下来时,院门打开了,一个人影飞了出来,倒在前院,身后背着的照相机重重地碰在铁栏杆上。赖特和奈杰尔匆忙穿过铁门。一个身材矮小的家伙跌跌撞撞爬起来,血从鼻子里流出来,一脸戾气和惊恐。

"他疯了,"这家伙气喘吁吁地说道,"我要告他,他不能这样对待记者。"

赖特和警官帮此人拍去灰尘。奈杰尔去按门铃。然后,他们听到屋里传来剧烈的动静,就走到书房的窗户边。往里面一看,他看见沃尔特·巴恩正在殴打一个比他高出一头的胖子。瑞贝卡·兰德龙背对着屋角的书架，看着这场打斗，满脸惊恐，还夹杂着一丝沉迷其中的兴奋。如果沃尔特听说过业余拳击规则，他肯定忘记了。他晃动着右手猛烈的拳头，朝对手裤带下方腹部猛击一拳，然后，这位大块头朝前倒下去，发出可怕的叫声，仿佛内脏都快从嘴里飞出去了。沃尔特用右手猛击对手的脸颊，又毫不留情地用脚踢了对方的膝盖骨。男子向后爬着越过办公桌。奈杰尔敲打窗户，最终吸引了瑞贝卡的注意。她从屋里跑出来打开前门。奈杰尔冲进去，紧跟着的有赖特、警官和摄影记者。

大个子现在在地上打滚，低声哭泣，还伴随着呕吐，前臂护着头，沃尔特还在踢他。赖特看似虚弱，却立刻反锁住沃尔特的胳膊，令这位画家身体前倾，痛苦地喘着粗气。赖特推着他坐在椅子里，叫瑞贝卡跑去拿些碘酒和绷带来，将受害人扶到沙发上，背对着袭击者。

"我是警官，这里怎么回事？"

沃尔特恶魔似的怒气已经消散，像夏季的冰雹那样突然消散。他在椅子里靠着，忧郁的眼睛却东瞟瞟、西瞅瞅。

"有两个杂种在闹事。他们侮辱贝姬。"

"真他妈会撒谎，"小个子摄影记者叫道，带着鼻音哭诉，一副愤愤不平的样子，"我们只是想独家专访兰德龙小姐，这个疯子……"

"要求采访？你们这帮惹人生厌的下流小报的狗仔！你意思是你和沙发上的那位肥胖粗汉走进来，逼迫我的未婚妻，要拍摄这间书房，缠着我的未婚妻给你们讲述你们要的'故事'……"

"你没理由动粗,你意识到你摔坏了一个值钱的相机吗?"

"你们这类人让我恶心。就因为你们拿了令人讨厌的媒体大亨的薪水,你们就觉得有权强闯民宅,用别人的悲伤为公众虚构作呕煽情的故事?"

"公众,"大块头痛苦地在沙发上努力坐正,"有权获知各种事情的真相。年轻人,你要为此后悔,不论你是谁,我们都要惩罚你。"

"你和你的公众给我滚蛋!难道私人就没有隐私了?"

沃尔特·巴恩就像紧绷的绳子在颤抖,看上去如此气愤,以至于胖子又缩了回去。赖特赶忙插话:"好了,别吵了。"

"最让我恶心的就是那位在沙发上颤抖的英雄,这样善于探听丑闻的道貌岸然的伪善记者们,告诉我们,他们有神圣的权利为那些白痴读者提供肮脏的小道消息……"

"我说过别吵了。"赖特的声音听起来冷冰冰的。瑞贝卡拿着一个急救箱进来了。"你愿意照顾一下他吗?"赖特问道。

"我连用竹竿碰他都不愿意。"瑞贝卡答道,鼻孔微张,满是鄙夷。

"你还是医生的女儿呢!"沃尔特嘲笑道。

"警官,来照顾一下这个人!你们这群人真讨厌。"赖特心平气和地说道,"和你们为琐事争吵真是浪费时间。"

"你现在负责这个案子?"大块头问他,警官给他脱臼的下巴上了一些碘酒和软布绷带。"还有哪里破了吗?能和我讲讲怎么回事吗?"

"探听污点的卑鄙小人还在路上。"沃尔特说道。

"别抖机灵了。"赖特说,"我会听取你们报社两位代表的陈述,然后,你们可以回去,我今天很忙。"

十分钟后,奈杰尔、赖特和警官单独与沃尔特·巴恩进了书房。

"该死的骗子。"年轻画家说,"他们强行闯入,骚扰贝姬。"

"你怎么知道的?根据你讲的,你是后来才赶到的。"

"我到的时候贝姬告诉我的。还好我赶到了,她难过极了。"

"你怎么进来的?"

"从大门进来的。"

"你看,巴恩先生,我没时间和你玩这些小孩子玩的问答游戏,你懂我的意思。"

"好吧,我自己进来的,因为我有钥匙。"

"你有钥匙多久了?"

"贝姬一两个月前给我的。"

"我们回到皮尔斯医生失踪的那晚。你在晚宴前来过这儿吗?"

"'晚宴'?是的,我晚上6点半左右来过。我和贝姬在厨房闲聊了大约半个小时,之后我就走回了寒舍。"

"你有什么特别的事情来找兰德龙小姐吗?"

"就是来看看她,警长。我总不能对我的姑娘不理不睬吧?"

"你在大雾里走一英里过来,又在大雾里走一英里回去,就为了闲聊几句?"

"别看我外表粗犷,其实我有一颗浪漫的心。"

赖特警长看来很满意他的答复。奈杰尔经常审问人,但是也被赖特的审问方法深深吸引,人们可将之称为欲擒故纵。就像一个人在屋子里转悠,敲敲墙壁寻找中空的声音,去暴露一个藏身地。因此赖特当着被审问者的面到处寻找,他特别警惕地关注嫌疑人在远离危险话题后放松下来,然后回到危险话题后又神情紧张。巴恩先生来过诊所吗?——没有。他在告诉刑事侦缉部之外还记得别的有关皮尔斯医生和哈罗德之间的电话交谈内容吗?——没有。他会开车吗?——或许吧,但是,到目前他只是骑摩托车。他会反对采集他的指纹吗?——根本不会的。

"你和死者之前吵过架吗?"

"没有,他只是疏远我,或者试图疏远我。"

"因为你要娶他的女儿吗?"

"是啊,他把我弄得狼狈不堪。"

"因此,兰德龙小姐必须坚决反对。"

巴恩停顿了一下,眼睛小心翼翼地看着他:"我不明白你的意思。"

"她和父亲吵得很凶,就因为你吧?"

"嗯,因为我……是的,她吵过。"

"在他失踪那晚吵得特别凶,在你来之前不久吧?"

"到底是谁告诉你的?"

"收到的情报。"赖特柔声说道。奈杰尔坐直身子,这是一条他想听的新闻。赖特警长在放长线钓大鱼吗?

"如果你都知道了,干吗来问我?"巴恩说道。

"我们需要核对和反复核对证据,这有错吗?"

"那天确实吵了。我不知道程度有多激烈,我也不在场。"

"你的确参加了吧?那就是为什么你在雾天赶来。兰德龙小姐打电话给你,她急需你的帮助和安慰吧?"

画家没有回答。赖特也没有催他,反而问了一些关于皮尔斯医生的问题——巴恩先生有没有觉得他忧心忡忡的,或者最近情绪低落?——没有。他无论如何也不会知道。问了一些例行公事的问题后,赖特说道:"你那晚7点钟左右离开这所房子,直接回家,再没有出来过?"

巴恩先生的圆脑袋长在宽阔的肩膀上,奈杰尔觉得就像庄园门柱上的一个石球。现在,石球不再是紧固地安装在那里,而是危险地晃来晃去,仿佛一阵风就可以将其吹翻。

"没,我没再出去过。"沃尔特的腔调里带着一股奇怪的幸灾乐祸。

"你一直在这里吗?"奈杰尔轻声插话道。

"那就是……"沃尔特停了一下,接着说,"我可以告诉你的是,我回到工作室,看瑞贝卡借给我的皮耶罗·弗朗西斯卡的书。然后就去睡觉了。"

"你一个人住?"赖特问道,眼睛直盯着沃尔特。

"是的。"

"也就是说,你回家后一直待在家里?"

"为什么不呢?你不会认为是我杀死了老人吧?"

"目前还没,我们要采你的指纹。"

这些做完后,巡警去叫瑞贝卡·兰德龙。奈杰尔对赖特说:"皮尔斯医生和女儿之间未经证实的争吵，是你杜撰的吗？"

"杜撰？当然不是。"赖特迅速答道，"是格雷厄姆·兰德龙向刑事侦缉部提供的证据。"

"瑞贝卡·兰德龙小姐承认了吗？"

"她承认有争吵，但不严重。"

"或许沃尔特·巴恩那晚真没离开房子？"

"是的，你清楚地查到了他的漏洞。"

奈杰尔含糊地看着赖特："你把她看成麦克白夫人这样的角色？她是一位弑父的麦克白夫人吗？"

赖特还没来得及回答，瑞贝卡·兰德龙进来了。巡警坐回椅子上，悄悄地拿出他的速记本。瑞贝卡最近看上去变成熟了，但脸上还是有一丝不安的神情。这可没有逃过赖特的眼睛。

"很抱歉烦扰你，兰德龙小姐，尤其是今天上午你经历过严峻考验之后。"

"他们给沃尔特造成大麻烦了吗？他们太可怕了。他们会逮捕沃尔特吗？"

赖特朝她笑了一笑，说："从法律上讲，他们可以起诉他。可我怀疑他们会这样做吗？取决于报社认为这是否有助于宣传。那就意味着在法庭上抖搂见不得人的事。当然，我会向你们的地方警察汇报此事。顺便问一下，你们家里没人能帮你应付他们吗？"

"嗯，詹姆士在诊所。格雷厄姆，我都不知道他在哪里，我喊他了，但他没有来。"

警官温和地问起她和父亲的争吵。但是通过他对于她回答的反应判断,他似乎没有得到比刑事侦缉部更多的信息。她的回答似乎在孝敬死者与憎恨父亲阻挠她的恋情上有明显出入。奈杰尔仔细观察这位女子的容貌和举止:一个厚实的鼻子,一双精致的、略微鼓起的眼睛,一副浓眉,脸上神情既满带尊严,又显示出社交经验的缺乏。在赖特的重重盘问下,突然之间,她用女人特有的口吻责备道:"为什么要问我这些问题?大家都知道,我和爸爸为了沃尔特争吵已久。"她的嘴唇颤抖着,"你真的认为我会……因为爸爸不同意我嫁给沃尔特而杀了他吗?"

赖特十分惊讶,充满尊敬地看着她,带着迷人笑容轻声说道:"我以为你会经常这样想。"

瑞贝卡盯着他,对他草率的评论感到惊讶,然后谨慎地笑了一下:"当然,有时候他让我很恼火,可是……"

"你没有不在场证明。"赖特继续说道,依然像朋友或兄长似的微笑着,轻松地逗弄着她:"你独自坐在那里,听留声机唱片。"

瑞贝卡满腹狐疑地看着他,本能告诉她,这并不是一个无趣的玩笑。她依然沉默,保持着警觉。

"是吗?如果我告诉你,我们有证据显示你那晚不是一个人,你会怎么说?"这是警察讯问常见的开场白,但奈杰尔听着感到很不自在,他立刻说道:"你昨天上午亲口告诉我的。你说,'我们那晚在听单簧管五重奏和钢琴协奏曲',然后你突然停住,好像听到了电话铃声。"

"那是口误。"她急忙说。

"算了吧，兰德龙小姐。别撒谎了。"赖特说道，"不管怎样，为什么你害怕告诉我们，巴恩先生那晚也和你在一起？那会给你们俩一个不在场证明，不是吗？至少直到他离开你的时候。他是什么时间离开你的呢？"

瑞贝卡不知如何应对这样的场面。奈杰尔注意到，当父亲讽刺她时才会出现的慌张、反叛的表情，再次在她的脸上浮现。

"大概半夜时分，"她嘟囔道，"但这没什么……我们没做什么错事。"她不以为然地说。

她在谈论性，而不是谋杀。奈杰尔想：她要么是无辜的，要么是一位了不起的女演员，像麦克白夫人一样。赖特继续深挖不放。瑞贝卡在和父亲上一场争吵之后痛苦地打电话叫沃尔特·巴恩过来，他在厨房和她聊了一会儿，然后就进了她的房间。在她父亲入睡后，她在8点45分又在房间里与沃尔特重聚，这期间，他们一步都没走出房间。她给他偷偷带了晚餐，他们聊天，听唱片。

"听上去你们确实很无辜。"赖特说，"为什么不早点告诉我们？"

瑞贝卡看上去举棋不定，似乎盘算的不是如何回答，而是答案会带来的后果。最终，她抬起头，正大光明地答道："是沃尔特叫我不要告诉你们的。"

"这本可以让你们有那晚的不在场证明。假设你说的是实话，这难道不是很奇怪吗？"

"我讲的是实话。"瑞贝卡心不在焉地说，仿佛没必要回应一样，"你看，沃尔特是……工人阶级，他们不愿和警察有什么瓜葛。"

"我也不想和他们有什么瓜葛。"奈杰尔小声说，引用警官那晚讲的话。

"暂且不论。现在，兰德龙小姐……"赖特慢悠悠地说道，一脸严肃，"你和巴恩先生在房间里，有没有听见什么不寻常的声音，令你现在也迷惑不解？"

沉默许久，瑞贝卡似乎在做思想斗争。最后，她不太确定地低声说："我想我确实听见了一些声音，来自格雷厄姆的房间。"

"谁的声音？"

"格雷厄姆的……另一个声音听起来像莎伦。但又不太可能，因为她当时应该在自己家里。"

"总之，是一个女人的声音？愤怒？惊恐？听起来像是什么呢？"

瑞贝卡涨红了脸，说道："某种笑，然后……然后，又像在尖叫。"她低垂眼睛，"我们……沃尔特认为，他们在做爱。"

"什么时间？"

"不知道，也许是我上楼之后一小时左右。"

赖特希望她说得更精确一些："就这些？你后来没听见任何人离开这幢房子的动静吗？"

"没有，留声机大部分时间都开着。"

"你的房间在后面对吧？你听到有车子开出车库吗？"

"没有，没人会在那种大雾天开车出去吧？"

赖特又问了几个问题，采集了瑞贝卡的指纹，就让她走了。巡警被派去叫格雷厄姆·兰德龙。作为侦探，赖特警官最大的天赋之一是能适应不同证人的个性。像沃尔特·巴恩那种人，他会迅速进入游戏，不按套路出牌，有必要的话，也会逼证人一把，让他们像泄了气的皮球。他刚刚审问瑞贝卡，不仅深表同情，还带着坚定和果断，给那些缺乏自信、思路不清的人一些道德支持。当他审问格雷厄姆·兰德龙时，奈杰尔又见识到了赖特擅长辩论的不羁风采。

格雷厄姆一见奈杰尔在书房里，就问赖特："斯特雷奇威先生也在这儿公事公办？"

"你不想看见他？"赖特冷冷地问道。

"不，我只是有点意外。"

"赖特警官允许我和他合作。"奈杰尔插话，"我在这里监督你们，别说谎话。"

赖特开始询问格雷厄姆，了解他在皮尔斯医生失踪那晚的行踪。奈杰尔在一旁仔细观察这位年轻人。看外表，很难相信他才二十岁：三角脸，嘴巴突起，无论和谁讲话，眼神都直勾勾的，再加上沉默寡言、顺从得近乎可笑的样子，所有一切给人的印象就是，他的世故远超二十岁同龄人。是世故，不是成熟。

"你和亨德森警官说，死者在那晚说过'等着什么事情发生'。能展开说说吗？"

"不能，那只是我的一种感受。"

"是你那时的感受？你确定后来就没有这样的感受了吗？"

"非常确定。"

"你感觉他紧张或恐惧吗？"

"不太确切，他的心思游离在外，似乎在说服自己……"

"去自杀？"

格雷厄姆耸耸肩："怎么能这样说？我又不懂读心术。我以为你已经排除自杀可能了。"他话里有话，赖特没有理会。

"你没看见你父亲在饭前或宴席上服用安眠药吧？"

"没有。"

根据格雷厄姆所述，他和詹姆士、父亲在餐前喝了雪莉酒。皮尔斯医生吃饭时没喝任何东西，饭后在客厅喝了咖啡，是瑞贝卡为他煮的。

"他饭后很快犯困，也许他在饭前就偷偷吞服了安眠药，喝雪莉酒时也有可能。"

格雷厄姆·兰德龙表示赞同。

"晚宴后，你就回了房间，直到上床睡觉？"

"是的。"

"一直是一个人？"

"我已经把一切告诉亨德森警官了。"

"但10点左右，你姐姐听见你房间传出来一些声音。"

格雷厄姆目不转睛，面无表情，说："她搞错了。"

"一个女人的声音。你敢说没有女人？"

"什么样的女人会在我房里？"

"请直面回答，兰德龙先生。"

"如果我房间里有女人,我肯定不会告诉你是谁。"格雷厄姆冷冷地答道。

"我不是问她的名字。我在问,当时是否有女人在你的房间里?"

"我为什么非要告诉你不可?"

"有两个原因:如果你不讲,就是在妨碍警方执法;而且你将失去你父亲死亡时的不在场证明。"

"死亡?你是想说'被谋杀'吧。"

"嗯?"

格雷厄姆撇动嘴角,说:"我不需要不在场证明,我他妈的也不在乎妨碍警察执法。"

"告诉我,你爱不爱你的养父?"

格雷厄姆艰难地咽了一口唾沫:"他对我很好,但他不是一个可爱的人。按你的意思,我很期待见到他冤仇得报?很抱歉,我没有这种夸张的念头。"

"你是否想过,他可能是你的亲生父亲?"

年轻人跷起二郎腿,摩挲着自己光滑的头发,不动声色地说:"嗯,当然想过。我无法解释他为什么喜欢我,为我付出这么多,但他从未提过此事。"

"那你母亲还活着的时候,就没和你谈过你的父亲?"

"一定要把我母亲牵扯进来?"格雷厄姆破天荒地动了感情,他控制着情绪,说,"她没提过。她和我说,我出生不久,父亲就在战争中死去了。"

赖特警官将话题引回皮尔斯医生死亡那晚。格雷厄姆说，他没听见皮尔斯医生房间有动静，他还说那晚大约11点钟，他准备上床睡觉时，听见有汽车开出车库。为什么之前没提到这一点？因为没人问过他。觉得会是谁的汽车？他不清楚，猜测是詹姆士医生紧急出诊。

赖特再次转换调查方向，问："上周六，你为什么一早就去了狗岛附近？"

"我没有。"

"早上7点半，我亲眼看见你从格林尼治隧道出来，到了河这边。"奈杰尔说。

"呵，敬业的私家侦探。"格雷厄姆回道。奈杰尔第一次觉察到他对自己不加掩饰的厌恶。

"所以你承认在撒谎咯？"赖特冷冰冰地问。

"你问的是，为什么我周六早上去狗岛。可我不是周六早上去的，我是周五晚上去的，在那儿住了一夜。"

警官站起身，像轻轻弹起的弹簧，站到格雷厄姆身边，说："年轻人，别和我玩校园辩论，我不吃这套。说，你为什么去狗岛？"

"我去波普拉区，拜访一个老妓女，在她家住了一晚。"格雷厄姆镇定如初地回答。

"请说出她的名字和地址。"

"我不明白，这和案子有什么关系呢？"

"不要提出异议。如果你坚持幼稚行事，我会派人去波普拉地区，搜遍每栋房子，很快就会有所发现。我还能以妨碍警察执法为名，把你关进局子。"

"这位家庭友人,你会对此说些什么?"格雷厄姆嘲笑着问奈杰尔。

"按警官要求的做吧,别再自欺欺人了。"奈杰尔平静地回答。

于是,格雷厄姆·兰德龙报出了老妓女的姓名和地址。采集完指纹,他不客气地说:"你们调查老奈丽,只会浪费时间。我会告诉她这些事,还有关于我母亲的一切。她俩过去认识。允许我多说几句吗?也许能给你们破案带来灵感。"

"请便。"

"我们的侦探朋友在这里,他对别人的私生活特别感兴趣,尤其是这方面的——问问詹姆士哥哥,他母亲是怎么死的?"格雷厄姆停顿一下,充满怨恨地说,"值得玩味,不是吗?一位豪宅里的女士,却死于照顾不周。"

当格雷厄姆·兰德龙走后,警官朝奈杰尔罕见地笑了一下,笑容像斧刃一样犀利。"我亲爱的私家侦探,他开始露馅了吧?为什么他要那样对你?"

"发自内心的厌恶。"奈杰尔说道。

"他可算是惯犯了,我不是指他爱争辩。我猜,他也许已经卷入案件中了。"

"我有同感。去工读学校更适合他,再不济,送孤儿院也可以。"

巡警带着詹姆士·兰德龙进来了。他答应在繁忙的工作间隙接受询问。

"我希望此事能尽快结束。"他说,"父亲去世后,我的工作堆积如山……"

"医生，请相信我们。"赖特迅速回应。他先询问了詹姆士有关安眠药的事，詹姆士确定没看见老头那晚服过药，父亲除了比平常沉默一些，没什么不寻常的举止。

"医生，现在我需要了解你当晚所有行动，以供记录在案。你在饭后立刻出诊了吗？"

"没错，我去海姆斯夫人家接生，大约是晚上8点走到她家的。"

"什么时候回家的呢？"

"10点15分。"

"接生顺利吗？"

"顺利。"

"产妇没有并发症吗？"

"她非常虚弱，我担心她会产后大出血。后来，我的助产护士有急事得走，所以我认为我得再回去看看海姆斯夫人的情况。"

"医生，你的认真与负责名声在外。"赖特淡淡地说，语气能消解对方的敌意，"我得说，如果我是你，我必须得想一下，要不要在那么浓重的雾气里再次回到病人家里去。"

詹姆斯脸上的谦逊和自得消失了，浮现出惊讶的神色："不回去的话会很不专业……"

"回去需要多久？"

奈杰尔发现，瑞贝卡·兰德龙的脸上的那种暗色红晕，也在詹姆士脸上出现了。詹姆士的额头上冒出来一两滴汗珠。

"大概十分钟。后来我没有步行,我开车去的。"

"你自己的车?"

"我父亲的,我的车油箱出了点故障,几天后才修好。"

"我有个疑问,你第一次是步行去的,后来为什么要开车呢?"

"因为我当时很累,而且我以为雾已经散了,可我错了。"詹姆士医生懊恼地说。

"那你最终找到了路吗?"

"是的。"

"海姆斯夫人家在哪儿?"

"在克莱恩大街。"

天啊!奈杰尔想,那会使希望成为泡影。赖特不了解格林尼治的地形,他不知道克莱恩大街是一条狭窄的通道,交通不便,就在特拉法加酒馆后面。"因此,你就把车停在特拉法加酒馆附近,靠近克莱恩大街的入口?"他问。

"是啊,我就停在那里。"詹姆士·兰德龙一脸困惑地答道。

奈杰尔不敢和赖特对视,医生则变得有些气愤:"警官,我确信你很专业,但我是大忙人,我一辈子也理解不了这些问题的意义。"说着,他耸起了肩膀,那魁梧的肩膀在医院的体育比赛中总能堵住那些空隙和漏洞。

"我的工作,"赖特温和地解释,"不得不问成千上万个问题,但只有几个会问到关键之处。先生,在你两次拜访海姆斯夫人家之间,你做了什么?"

詹姆士·兰德龙医生说,他上楼进了房间,想看一本医学专业的书。但隔壁房间,瑞贝卡在放留声机,令他无法专心,他就拿着书去了书房。

"在此期间,从10点15分到11点左右,你有听到可疑的声音吗?"

"没有。我非常专心致志,除了电话铃声,我不会注意到什么其他声音。"

"非常感谢,请告诉我,"赖特语调平直地问,"你母亲是怎么死的?"

"我母亲怎么死的?"詹姆士一脸困惑,匪夷所思地问,"你究竟想干什么?"

"这与案情看似没什么关系。你愿意告诉我吗?"

詹姆士盯着警官,随后讲了一串医学术语,最后总结道:"人们通常称之为心脏脂肪变性。"

"她死于照顾不周,是吗?"

"照顾不周?"詹姆士火了,"她得到了最好的照看。你怎么会有这些荒诞的想法?"

"你弟弟格雷厄姆暗示,她死于照顾不周。"

"格雷厄姆?这该死的小骗子!疏于照顾!的确如此,让人绝对不可忍受。"暴跳如雷后,詹姆士愤怒的脸上有了一丝变化,他出现了一种令人窒息、极度痛苦的平静,用小到听不见的声音嘟囔道:"他怎么知道的……"然后,他狐疑地朝赖特看了一眼,像一头斗牛发现了斗牛场温暖的沙地,上面散落着一些激怒人的颜料和充满敌意的物品，它准备低下头，向前冲。

格雷厄姆狡诈多变、出尔反尔、缺少耐心：皮尔斯医生把他送去公立学校，但他辍了学；之后，大家给他介绍过几份工作，他每次都熬不过试用期，要么主动辞职，要么被解雇。格雷厄姆的问题就是，他完全被皮尔斯医生惯坏了。

很显然，弟弟被过分偏爱，詹姆士非常妒忌。但奈杰尔感觉，这些指责有编造的成分，他对格雷厄姆的暴怒，似乎是为了掩盖一些陈年矛盾。

采集完詹姆士·兰德龙的指纹，等他离开后，赖特转向奈杰尔，说："谈谈这幸福的一家吧！"他翻着眼睛，"现在对于斯特雷奇威先生是难得的空闲。哈罗德·兰德龙夫妇从市中心回家，我和他们约了6点半见面。我6点25分去接你。"

"那之前你会干什么？"

"要做的事太多，首先我要去与助产护士和海姆斯太太谈谈。"

那天晚上，警车开下克罗姆山，开进伍尔维奇路，警官告诉奈杰尔这些谈话的内容。海姆斯太太没得产后并发症，她和丈夫都没料到詹姆士医生会那么快又回来——他走的时候肯定没有说过会回来。不过他们并不意外，因为他就是"不辞辛劳"的人。护士倒有点意外，尽管生产不算顺利，她也没想到詹姆士医生会如此担心产妇。护士巧妙地暗示，他有些小题大做了。

"你怎么看？"赖特问。

"如果是詹姆士杀了父亲，那也是有预谋的计划。他开着戴姆勒，把尸体扔进河里，用海姆斯太太作为借口。我原以为他会提前告诉对方，他会很快回来第二次拜访，为的是为自己辩护。如果谋杀没有预谋，而是激情杀人，那么他的谋杀手法会漏洞百出。你不会在那种状态下整整齐齐地切开别人的动脉，更可能是打死或勒死他。"

警车在伍尔维奇路左转，轰鸣着停在河边。哈罗德·兰德龙将他们引进可以俯瞰泰晤士河的屋里。莎伦已经坐在那里等候了。奈杰尔介绍了警官和巡警，在例行公事的寒暄后，赖特说，他希望分开询问哈罗德先生和哈罗德夫人。

哈罗德皱着眉头，很是不满，莎伦却说："别傻了，哈罗德，警官不会吃了你。"她用绿色的眼眸盯住赖特。他报之以不动声色的笑容。

"在你被拷问期间，奈杰尔可以来和我说话。"

"抱歉。"奈杰尔说道，"我得和赖特警官一起。职责在前，享乐在后。"

红发女孩朝他噘着嘴，缓慢地走起了模特步。这次，赖特直接单刀直入。

"兰德龙先生，你和父亲在那晚通过电话，对吗？"

"是的，但是……"

"请你告诉我谈话内容，可以吗？"

"我不懂，这和案情有什么关系？"哈罗德平静地说。

"我在确认你父亲的精神状态，如果他是自杀……"

"我认为毫无疑问。"

"你是说自杀？"

"不，恰恰相反。"

"死因尚未证实。假设，你父亲知道了自己的家人被卷入了一桩丑闻中，他又是非常顾家的人，如果有家人面临丢人现眼的危境，你说，他会主动结束自己的生命吗？"

"这是毫无根据的、纯粹的妄想。"

"比如说，你自己的生意？"

"我向你保证，它们经得起你最严格的调查。"

"先生，你能这么保证我很高兴，我们很可能会调查你的财产状况。"

哈罗德从肾形椅子上站起来，将香烟弹到壁炉里："这是对一个公民的私人生活最无理的干涉！"

"这类性质的案件，警方注定要深入调查背景和动机。难道你无法告诉我们电话交谈的内容？"

"看这里，斯特雷奇威先生。他有没有权利提出这样的问题？"

"有的。"

"那好，我没什么好隐瞒的。坦白说，我经济上暂时有些窘迫，我的确向我父亲借了钱。"

"多少？"

"什么？"

"你要了多少钱？"

赖特突然发问，哈罗德措手不及。停了一会儿，他开口说道："坦白说，我需要一大笔钱。为了巩固，嗯，也为了拓展生意，你懂的。我想要一万英镑。"

赖特扬了扬眉毛："你父亲会资助你这么多钱吗？"

"他当然会。"

"但他没立刻答应吧？电话里他说，你的财务状况不像你描述的这么紧急，得等到明天再说。"

赖特继续追问的时候，奈杰尔仔细观察着哈罗德。他脸庞光滑、衣冠楚楚，穿着定制的黑西装，在伦敦桥的高峰时段，人们会看到成百上千这种人鱼贯而出：头戴圆顶礼帽、一手拿伞、一手拿公文包和《金融时报》，一支无名大军，一支奔赴未知岗位的蚂蚁似的大军。那就是哈罗德所属的世界，"无名大军"。在这个穿着定制西装和满嘴套话的家伙背后，隐藏着怎样的个性？奈杰尔想，就算你张嘴闭嘴都用"坦白说"做开场白，也无法得到我一丝丝信任。你们这帮动辄提起马提尼和熏制三文鱼的家伙，你们这帮把"因身体不适不去上班"当借口，转头启航小船队去度假的家伙。

一声汽笛响起。透过座位旁的窗户，奈杰尔看到一艘货轮在靠近港口，船舷和桅灯在黄昏中熠熠生辉。

"你有一艘汽艇，对吗？"赖特问。

"是，但它在冬天被拆掉了。"

赖特问清楚船厂的名字，走到窗户前，留意到近在眼前的大船。"你这里景色真好。"赖特看着河面，河水拍打着哈罗德房子正面对着的防波堤。

"你父亲去世那晚，你就在这里？"

"是的。"

"你和你的妻子都在家，没有客人来？"

"没错。我们吃了饭，玩了会儿填字游戏，睡觉前又看了一会儿电视剧。"

"如果有情报显示，兰德龙夫人整晚不在这儿，你怎么说？"

哈罗德·兰德龙听了这话，脸上五味杂陈，沉默不语。

"……她去找你父亲了吧？"赖特坚持道。

哈罗德先是有些义愤填膺，又故作轻松地说："我已经告诉警察，我们一晚上都在家里。我看是有人存心给我和妻子找麻烦！"

对他的失礼，奈杰尔有些诧异。

"谁告诉你的？"哈罗德继续问。

"先生，是我们收到的情报。"

奈杰尔看着赖特，审问时的寥寥几句警方术语，驳倒了哈罗德的商务套话。

"我妻子有什么理由要在起浓雾的夜晚出去？太荒谬了。"

"这我也说不上来，我们得问问她。"

赖特打断哈罗德的异议，采集了他的指纹。然后让巡警去叫兰德龙夫人。

哈罗德连忙说："还是我去叫她吧。"

"谢谢你，先生。巡警会和你一起去……"

等他们走出房间，赖特说："言之无物、处世圆滑的年轻人。"

莎伦来了，在沙发上坐定，说："你看起来一点也不像我心目中的警察。"

"哦，夫人，我们苏格兰场的警察会以各种方式出现。"

"你们对可怜的哈罗德做了什么？他看上去极度不安。"

"拷问了他。"赖特温和地说道。

"现在轮到我了，太好了。"莎伦没精打采地看着警官。

"正是如此，兰德龙夫人。现在请告诉我，你公公去世那晚，你在那座房子里待了多久？"

莎伦的红指甲在身边的大理石桌面刮擦，发出刺耳噪音。她猛地抽回指向赖特的手。"该死！我的指甲破了。你在说什么？"

赖特重复了一遍问题。

"真荒谬。雾那么大，我那晚根本没有外出。哈罗德和我舒舒服服待在家里，我俩一起吃了晚饭，然后玩了一会儿填字游戏，又看了一会儿电视剧。"

"可是，我们有两位证人听到，那晚9点45分左右，你在格雷厄姆·兰德龙的房间里。"

"两位证人！这太疯狂了吧。我在格雷厄姆的房间里干什么？"

"或许你去拿他答应给你的唱片？"奈杰尔冷不丁插话。这引起了惊人的反应，只见莎伦的脸一下子变得憔悴苍白，混合着愤怒与害怕。她双手颤抖着点上一支香烟，装进一个长柄烟斗里。她好不容易镇定下来，用沙哑的嗓音慢吞吞地问："有人把一切都告诉你了？"

"是的，那天我们一起吃了晚饭。格雷厄姆告诉你，他几天后有唱片给你，你说你等不及了。顺便问一下，是什么唱片？"

"我怎么记得？就是一张唱片咯。"她的眼皮黯然地翻动着。

"那天晚上他给你唱片了吗？"

"给了。"

"我们可以看看吗？"赖特问道，他至今毫无一丝线索，却将这点隐藏得出奇好。

"不在我这边，我把唱片留在那儿了。"

"所以说，在皮尔斯医生被谋杀当晚，你一直都在那里？"

"不……我想起来了，我是另一晚去的。"

"事发当晚，你确实去过格雷厄姆的房间吧？那晚皮尔斯医生……"

"看在老天爷分儿上，你俩别再纠缠我了，搞得我晕头转向！"她近乎尖叫地说，用手捂着耳朵。

"你自己收藏的唱片放在哪个房间？"奈杰尔问，"我没看见。"

"我们家没有该死的留声机。"

"那你用什么播放唱片呢？"

女人保持缄默。

"也许……'唱片'只是一个暗号？"奈杰尔暗示。

赖特向他看了一眼，发出警告："别再纠缠这个问题了，兰德龙夫人看上去状况不佳。兰德龙夫人，我们明天再来继续谈话，先采集一下你的指纹吧。"

第八章

狗岛上的房子

奈杰尔走在灯火通明、铺着白瓷砖、满是回音的地铁隧道里，感觉脑袋上方正无情地承受着万吨水压。此刻是清晨，格林尼治隧道里几乎空无一人。远处，几个男孩在嬉戏，沙哑的喊声在地铁里回荡。几个家庭主妇缓步提着购物袋，走在奈杰尔后头。这些人就像德国早期表现主义电影中的群众演员，焕发着象征主义色彩。在那些电影里，主角通常在看不见尽头、单调乏味的地铁里独自行走，像患了强迫官能症，去完成结局未知的使命，在那道弯曲、泛着白光的墙上投下怪诞的影子。奈杰尔摇摇头，想摆脱这些病态想象。他的使命有清晰的尽头。

赖特昨晚询问完哈罗德和莎伦，对奈杰尔说："你有些急于求成。明天，你去和格雷厄姆的老妓女谈谈，我有其他事。"对奈杰尔上次参加询问时的操之过急，赖特有些不快。他不希望莎伦那么早知道警方怀疑她和格雷厄姆的关系。奈杰尔暗示"唱片是一种暗号"，也许会打草惊蛇。

"我亲爱的伙计。"奈杰尔不满地说，"我那样说是迫使他们不打自招。如果莎伦试图联系格雷厄姆，就能知道他们之间有一腿。你可以同时监控那两个人。我相信你已经派人在6号房子的电话分机上守着了。"

地铁电梯载着奈杰尔和那些家庭主妇来到了地面。走进岛屿花园，他隔着水面看了一眼。宫殿两翼正对着他，在阳光下显出战舰般的灰色，上面有双子塔，白色旗子在风中翻飞。在双子塔中间的平地，矗立着女王宫殿，优雅得无与伦比。山坡上，沃尔夫将军的塑像，连同旁边的雷恩天文台，高过了天际线。在那边的宫殿里，摆放着纳尔逊的遗体，等着从特拉法加广场运到坟墓去，这时许多坚毅的水兵倒着酒，像孩子一样哭红了眼睛。

一艘外表考究的黑船，烟囱标牌上写着"蒸汽航运总公司"，快速驶过伦敦桥下的泰晤士河，后面跟着一艘毫不起眼的船，叫"塞浦路斯海岸号"。一艘空载的芬兰货船，烟囱冒着黑烟，船身锈迹斑斑打着补丁，正顺水航行，螺旋桨半没入水中，沉闷地击打着河水。一艘运煤船正在格林尼治发电厂卸货，传送带的咔哒声传得很远。上面一座移动的吊机在挪动着精巧而不实用的钢架结构,然后,放下抓斗,在船肚子中抓取煤炭。右手边,油迹斑斑的水面掩盖着上次皮尔斯医生尸体被打捞上来的地方。几艘驳船正在特拉法加酒馆附近的船厂维修,铆接工艺喷射的火焰呼呼作响。左手边,一座刺眼、冒着蓝白相间光芒的炉子开着,那是焊接炉耀眼的火苗。

奈杰尔走过花园,朝左一转,再右转,沿巴克街走到西渡街。然后他再次右转,经过斯库纳街和布里格街的尽头,来到了耀尔街。这些听上去充满浪漫气息的街道,从西渡街向南一直延伸到码头,在早期的闪电战中早就被轰炸得只剩残垣断壁了。几座房子点缀在草地、瓦砾和光秃秃的房地基之间,除了墙上的名字,耀尔街几乎荡然无存。奈杰尔在尽头看到有一栋房屋立在那儿,像一个掉光牙齿的下颚上孤零零的烂牙床。这应该就是奈丽的家,除非格雷厄姆提供的地址有误。

铃声响起,一张黄脸在一楼窗户边晃了一下,那张脏兮兮的棉布帘子被再次拉开。一个模样邋遢的女孩打开了门,她斜倚住门柱,脚踝在高跟鞋外面鼓着。女孩带着毫无生气的傲慢打量着奈杰尔。

"奈丽在吗?"他问。

"不在。"

"她什么时候回来?"

"找我也行,找她干吗?"

"我有一个朋友叫格雷厄姆,他给了我这个地址。"

"从没听说过这个人。奈丽约过你吗?"

"不好说,你有她电话吗?"

"电话！听电话！这儿不是丽兹饭店，先生。"

除非格雷厄姆给奈丽写了信，或者昨天上午他亲自来过，不然他不可能给到她警告。

"你鞋子真好看，真的。"奈杰尔又说。

"实话实说，这鞋简直快要了我的命。"女孩说。

"漂亮要付出代价。"

"是吗？"

"法国有句谚语：你必须忍受才能美丽。"

女孩咯咯笑起来，她的模样不超过十五岁，留着一个复杂凌乱的发型。"对啦。"她说。接着，她闪烁其词，死气沉沉地问："你找奈丽？"

"正是。"

"她出去买东西了，半小时后回来。你要等她吗？"女孩语气刺耳地继续说，带着陋巷里卖弄风情的样子。

"那我等会儿再来。"

"我得问问，你叫什么名字？"

"告诉她，是格雷厄姆·兰德龙的一个朋友，名叫波西·波波卡特佩特。"

"滚吧你！"女孩异常开心地大笑，"那是一座流着红色熔岩的火山，我上学的时候在课本里的一首诗里读到过。"

"告诉她，这座火山会在11点到穆罕默德阿姨家。"

"嘿，"女孩说道，似乎想让奈杰尔留得久些，"我以前在什么地方见过你，你上过电视吧？"

"这辈子从来没有被这样羞辱过。"奈杰尔朝她笑了笑,"再见。"

他乘上一辆从波普拉开往布莱克威尔隧道北端的公共汽车,坐在顶层的前排座位,他看着这个地区的杂乱街景,心中暗道,"毫无章法的巨型迷宫"。四面八方是成排暗褐色的低矮房子,和北部工业区在19世纪初为那些工薪族建造的房屋一样令人压抑。伦敦东区到处留有被轰炸袭击的痕迹:废弃的空间、成片的预制板房。左手边,越过高高的长草的防御土墙,可以看见码头上的蒸汽船桅杆、烟囱和白色干舷。汽车经过了许多仓库、锯木厂、维多利亚时代风格的公寓和战后建起的公寓街区。接着,汽车转了一个弯,小心翼翼地开到一座旋桥上,现在,又可以看见那个从泰晤士河流出的河湾,河湾上有成排船只,起重机四处可见,装腔作势地立在天际线之下,像长颈鹿梗着脖子,低头从船里拉扯着乱七八糟的外国农产品。

奈杰尔想,眼前景象还真是鱼龙混杂。他真的不太了解这些东西,就像手里这桩该死的案子。浪漫和平凡并行不悖,船只的美丽映衬着贫民窟的乏味。世界上还有比看着船只从街道尽头驶过更令人兴奋的事吗?

公共汽车到站了,奈杰尔下车。在从布莱克威尔隧道过来的车行道远处,一座巨大的装货棚子立在那里。船身用白漆写着"海岸线航道号"字样,大船顶的桅杆上飘扬着蓝白红的横纹三色旗。奈杰尔一边等回去的公共汽车,一边思忖如何接近那位奈丽。能对她说些什么?在他发出追问时,她会不会将他赶出去?

终于,他回到了那座房子,再次按响门铃,心中升起了激动和期待。奈杰尔热衷于探索人性，他曾进入过许多奇妙境地，在这些境地中，他的客观理性、擅长和陌生人打交道的特质帮了他大忙。

奈丽果然不是一般人，她身材高大，头发染成古铜色，动作松弛，灰色眼眸透出犀利的目光，令人不安。奈丽穿着修身黑裙，上衣开口很低，一旦她身体前倾，饱满的乳房就呼之欲出。她把一只姜黄色猫咪从扶手椅上推开，让奈杰尔坐了下来。

"那姑娘和我说了，是格雷厄姆让你来的。"奈丽仔细打量着他，"你想要单间吗？"

"不，不是为那事。"

"我想也不是。你不像干那事的人，是吧？"

"也不算是格雷厄姆让我来的，他只是给了我你的名字和地址，我想和你聊聊。"

"亲爱的，现在不是我的营业时间。"

"你的损失我来弥补。"奈杰尔答道，感激地看着她长满赘肉的脸。

奈丽一阵狂笑，乳房也随之颤动："请你继续，怎么称呼你呢……先生？"

"斯特雷奇威。"

"您肯赏脸喝杯葡萄酒吗？"

奈杰尔讨厌葡萄酒，尤其在上午 11 点，可他配合道："太好了。"

奈丽慢慢地走到橱柜那里，她的椭圆身材配上细细的短腿，看上去很像一个矮胖子玩偶，压下去可以立刻回弹的那种。奈杰尔朝窗外瞥了一眼，可以俯瞰到泰晤士河、岛屿花园。他又环顾四周，有两只虎皮鹦鹉在笼子里聊天，屋里空气有些闷，充斥着香水味。

"这里很舒适吧？"

"还不错。"奈丽说着，递给奈杰尔一杯酒。她优雅地跷着兰花指，说："这里不是什么高档街区，战后，我用一个低廉的价格买下这幢房子，光那些钱我也攒了很多年。事实证明，这房子很适合我。"

"只要房客们付得起房租。"

"说得对。他们在这儿可以得到各式服务。都是不错的男人，至少大多数是，不会给你添麻烦，尤其是黑人男子。"

"很欣慰，你不会种族歧视。"

"我完全不会。"奈丽舒心地笑起来，"奈丽的门户永远为任何人敞开——我就是这样一个人。我常说，我们都是一样的人，只是皮囊不同。"

"对，只是有些人古道热肠，有些人铁石心肠。"

"是那么回事儿。"奈丽笑着接纳了这份间接的恭维。

"不过请注意，一个女孩太软弱会一事无成。我总和男人们讲，这里不能为所欲为，如果他想闹事，我会让他赶紧滚。如果有人总是赊账，也得滚蛋。当然，他们大多数人都是船舶靠岸时在这儿小住几日，我也不太介意他们晚上带什么人进来，我总说待人要宽容。但我可以告诉你……怎么称呼来着？"

"叫我奈杰尔。"

"我告诉你，奈杰尔，为什么现在的女孩变得像猫一样不讲道德。"她翻动眼珠，"为了一双尼龙袜子，她就可以和任何人走，我们这里半数女孩都会这样。当我第一次操此为业,你还不知道在哪里呢。战争改变了一切。一个女孩要么操此为业,要么就很纯洁。为什么?这么多不专业的妓女在晃悠,我们这些厚脸皮的就无法胜人一筹了。"

"男人们的去处变多了。"

"对的。并且,现在有了沃芬顿报告(性交易非罪化),交易就不再像过去那样了。她们需要的,不过是往烟草店橱窗上贴个广告,留个电话,太容易了。"

"免了腿脚辛苦。"

"是啊,但仅仅靠一部电话,是拉不到许多顾客的。你可能会碰上一个粗声粗气的家伙,只想霸王硬上弓。好了亲爱的,干杯!再来一杯吧。"

奈杰尔应声干杯。奈丽端起他的杯子,在侧窗边站定:"阿卜杜尔出来了。"

"阿卜杜尔?"

"一位老主顾,他是个印度水手。我能结识格雷厄姆,也是因为他。"

奈丽娓娓道来,几个月前,她去到阿卜杜尔的房间,发现格雷厄姆·兰德龙也在那儿。格雷厄姆和阿卜杜尔是在海员医院碰巧结识的,当时,后者正好在那里住院。奈丽和他俩聊了一会儿。他们发现,奈丽在战争期间竟然认识格雷厄姆的母亲,米莉。

"这世界真小,不是吗?我希望格雷厄姆已经告诉过你这些事。"

"没有,他不太爱说话。"奈杰尔回答,"但我可以推断,在皮尔斯医生收养他之前,他肯定过得很艰难。"

"是的,他不怎么说这些。在米莉死后,他被送到某种……不知道你们怎么叫来着?他那时才五六岁。米莉的家人不愿意接收他,他们是假圣人,会公然反对失足女子的那种人。无论如何,格雷厄姆被送去的地方,说起来就像集中营!小可怜,他总是饿得半死,还经常被打,在里面待了五年。然后他逃了出来,就开始撬商店,又被抓了现行,真是丢脸!他也没碰上一个合适的地方法官,就被判进少管所待一段时间。看着他现在,绝不会想到他有那样的过去,对吧?"

奈杰尔想:冷静的观察,略带嘲讽的奉承,习惯隐藏所有东西——不管在房间里还是脑海里。奈杰尔问:"谁是他父亲?米莉告诉过你吗?"

一丝敌意慢慢涌上她灰色的眼眸,她把手里那杯葡萄酒往桌子上一放,说:"你到底在查什么?你和这些有什么利害关系?你碰巧认识米莉?"

奈杰尔吃了一惊,看着对面充满敌意的脸,慢悠悠地说:"不要紧,奈丽。如果你认为我是格雷厄姆父亲的话,那我肯定不是。"

她的眼睛仔细盯住他,足足好几秒。那双眼睛十分擅长揣摩男人的心思。

"我相信你。"她终于开口了,"我就想知道,你来这里究竟想干什么?"

"来和你聊聊格雷厄姆。我认识他的家人,他们委托我查清他父亲的死因。"

"你是警察?"她依然保持着警惕。

"我和警察一起工作，但我和他们有时也会背道而驰。别老这样盯着我，亲爱的。"

一阵抽搐从奈丽灵巧的脚踝开始上行，越来越快，传到上半身，令她浑身颤抖了一下。"天哪！笑死我了！"她拍了一下呼之欲出的胸脯，仿佛在奉劝它不要轻易跳出来示人。奈丽抖动着身子，笑到直喘粗气："你非把我笑死不可！"

等奈丽镇定下来，她敞开心扉，讲起格雷厄姆的母亲。米莉·罗伯森在东格林尼治和她住的地方仅隔几道门。1940 年九月，闪电战发生前，她们一起被疏散到乡下小镇米德兰。米莉当时才十九岁，怀有身孕。奈丽大她几岁，她帮助这位年轻女孩渡过难关。米莉从未告诉她，孩子父亲是谁。但每隔一段时间，米莉就会收到汇票。一开始，两个人在本地一家工厂上班，当街区附近建起一座美军空军兵营后，奈丽如释重负地重操旧业。奈丽和一名空军中士交往起来，跟着他搬到了另外一座兵营。半年后，奈丽重返米德兰小镇，发现米莉情况糟糕：她得了肺结核，不能在工厂继续上班了，可她又拒绝看病，因为她的孩子无人托付。雪上加霜的是，她的经济来源断了，不得不搬离出租屋。米莉怀疑，也许前房东太太挪用了她的汇票，也可能是汇款人停止了寄钱。

"难道米莉没给对方写信？我猜那个人很可能是孩子的父亲。"

"写过一两次，没收到回音。"

"那她为什么不去找他？将自己的境况告诉他。"

"她太软弱了。女孩不能太软弱，尤其对男人。在座的男士除外，亲爱的。"

"真是可恶。"

"我记得她和我说过,也是唯一一次谈到那个人。她说,'不,奈丽。我不愿意成为他沉重的负担。他是一个好人,但不是我想要的那类人。我爱上了他,和他有了感情,但我不想毁掉他的生活'。"

"听上去的确有点软弱。"

"别太相信我说的。"奈丽突然凶狠地说,"忘了我刚才说的软弱。那个女孩真是一个天使,她从不怨天尤人,从不威胁别人。她愿意为别人付出一切。我倒是一个难以对付的丑女人。奈杰尔,我一直都很难对付。当我看见她,就知道她是一位天使。请原谅我这么说,别和我扯什么妓女有颗金子般的心,根本没这回事。如果有,我也不会这么称呼她。我原本可以帮她,我却迷上了那位空军中士,于是……"奈丽耸了耸宽阔的肩膀。

"于是米莉怎么样了呢?"

"动动脑子,亲爱的。她还能怎么做?她只好继续那场游戏。否则她就得和孩子分开。她爱这个孩子,明白吗?她全身心地付出一切,哪怕是靠领救济金过活。"奈丽掏出一块气味浓重的手绢,轻轻揩拭着眼角,"她病得太重了,养孩子必须身体健康才行。她死了。我后来才听说。她很少写信,但在最后一年里,她的确给我写过一两封信,里面全是关于那个小男孩的事,他的近况如何等等,自己只字不提。看在老天爷分儿上,让我们再喝一杯葡萄酒吧!"

"米莉长得怎么样?"杯子再次斟满了酒,奈杰尔问,"你有她的照片吗？"

"没有，我倒是希望有。她像一朵花，一朵水仙花，看上去苍白而精致，全身散发着芬芳。你见到就会喜欢上她。我一直不敢相信，她的假圣人父母会生出这样一个女孩。唉！那两个人真令我倒胃口，自称是基督徒，却因为女儿犯了错而弃之不顾。"

"格雷厄姆长得像她吗？"

"光看外表，有点像。"

"为什么只说看外表？"

"他的举止更文雅一些。当然，皮尔斯医生给了他良好的教育。你不觉得，他是一个不露声色的家伙吗？米莉可是热情似火。"

"他喜欢来这里，听你谈谈他母亲的事？"

"的确如此。有时这会让我感到毛骨悚然。他就坐在这里，像你坐着那样，盯着我看。像一个孩子，缠着你讲一个听了无数遍的故事，直到你感到厌倦。"

"他从不提他的父亲？"

"从不。他知道我对那个卑鄙小人的看法。当然，他父亲很有可能已经死了。"

"我指的是他养父，皮尔斯医生。"

"很少说起。倒是有一次，他问我，皮尔斯医生是不是我们在东格林尼治时的医生。"

"你和米莉的医生？"

"对啊，她曾是皮尔斯的病人。现在，亲爱的……"那双灰色的

119

眼睛又变得敏锐起来,"轮到我问你了,是格雷厄姆杀了他吗?"

奈杰尔用淡蓝色的眼睛死死看着对方:"现在还不知道,我们还不确定这是不是一桩谋杀案。这位老人有很多财富,每个儿女都有份,所有人都有动机。"

"明白了。"她满意地说,"迟早会水落石出。"

"你那位怎么样了?"奈杰尔停了一会儿,问,"美国中士?"

"他在一场日间空袭中死了。"

"抱歉。"

"没事,我都快把他给忘了。他结过婚,也知道我是妓女。"奈丽有点凄楚地说。

"我得走了,谢谢你和我谈了这么多。等哪天有空,你要不要来格林尼治,和我们喝杯茶?"

"我吗?"她自嘲地咯咯笑,看上去很开心,"你妻子会怎么说?"

"她不会介意。"

"我猜,你是一个不错的人。"

奈杰尔有些冲动,把手放到奈丽肩头,吻了她一下,说:"谢谢你,奈丽。我会给你打电话请你喝茶的。你愿意再为我做一件事吗?"

她点点头,用粗壮的手指摩挲着下巴。

"如果格雷厄姆来找你,别把我们的谈话告诉他。只要说我来问上周六晚上他是否和你在一起。他是和你在一起,对吧?"

"是啊,我给了他一个空房间。亲爱的,我答应替你保守秘密,不过……"

"怎么了？"

"没什么，我只是想，米莉的死或许是上帝的仁慈。我并不喜欢格雷厄姆，可他是米莉的儿子。"

"别担心，亲爱的。我会尽可能保护他。"

奈杰尔走下破旧的楼梯，来到岛屿花园。

在地铁站外等电梯时，他仔细看了一下墙上的规章制度，他想不到会看到这样一个条款：任何人不得将牛群、动物、或任何野生动物赶到地铁站来做展览。奈杰尔心里嘀咕道：谁会这样做？将一只老虎、一头公牛或一群长颈鹿赶到地铁站，都不可能受人欢迎。

奈杰尔回到家，克莱尔吻了他一下，说："我的天，你喝酒了？"

"是啊，在狗岛和那位老妓女喝了一点儿。"

"是吗？她人还可以吧？"她颇有兴致地问。

"亲爱的，你这样的女人真是难得。"

"我？为什么？"

"其他女人可能会问'她多大年纪'，或者说'你一向滴酒不沾'……"

第九章

谎言迷宫

晚上6点,赖特警官顺道去了奈杰尔家,边喝茶,边与奈杰尔和克莱尔闲聊。

今天早上,赖特再次去找了莎伦·兰德龙。她承认,在她公公去世那晚,她在格雷厄姆的房间从9点10分待到10点半。为了避开詹姆士晚上经常在的书房,她是从后门离开的。她注意到,车库门开着。尽管有雾,但她离得近,所以看得很清楚,两辆汽车都停在那里。这场问答是秘密进行的,赖特默认,莎伦是为了性去找格雷厄姆。

那天早上奈杰尔拜访过奈丽之后,一位禁毒警官也到那里调查印度水手阿卜杜尔。他在奈丽房间里见过格雷厄姆。"阿卜杜尔"不是水手的真名,水手已经上了船,船几小时后就要起锚。那位警官没能讯问到他,只好搜查了一下他的房间,一无所获。他本想人赃俱获,没想到把对方吓跑了。等船下次开回来的时候,会有专门的委员会再去"接待"阿卜杜尔。

"我承认这有点奇怪……格雷厄姆会和印度水手混在一起。"奈杰尔说,"目前没有证据显示两个人在贩毒。即便他们参与其中,你们也不一定找得到毒品,格雷厄姆很可能已经转移了这些毒品。"

赖特说:"在那些上锁的橱柜里,找不到半点毒品的踪迹。杰克孙彻底搜查了那些显眼之处。"

"显眼之处?"克莱尔问。

"就是兰德龙医生的药房。在合法之地隐藏非法之物,毫无破绽。杰克孙正在6号的地下室调查,他会尽可能调查所有的非法活动,也许能找到隐藏毒品的迹象。"

"如果格雷厄姆是毒贩子,总会露出马脚。"奈杰尔说。

"杰克孙正在搜查失踪的日记页码。顺便说一句,在那份病例册上,只有两组指纹:詹姆士医生的和他父亲的。"

"为什么格雷厄姆会参与这种事?"克莱尔慢悠悠地问,"他不可能是为了钱,他从他父亲那里可以得到丰厚的津贴。"

"为了刺激?满足控制欲?"奈杰尔答道,"他在孩提时代过得很艰难,经常被人呼来喝去。他完全可以通过贩毒来报复社会。"

"也许吧,但这不足以构成他要杀害父亲的动机,对吗?"

"为什么不会？"赖特说，"皮尔斯医生会因为女儿瑞贝卡要嫁给沃尔特·巴恩而剥夺她的继承权。难道他不会因为发现格雷厄姆参与贩毒而对养子同样如此吗？"

"我不确定。"奈杰尔皱了皱眉，"老人以往对格雷厄姆的溺爱非同寻常，无论是当他被学校开除，还是不停地丢掉工作。你的推断也有可能。如果我们能知道老人日记的内容就好了！也许能从中找出有关格雷厄姆的内容。有人已经发现了日记，把失踪的几页藏了起来，用来敲诈格雷厄姆。"

此时电话铃响了，是找赖特警官的。他通完话回来时显得很开心："有人撒谎了。"

总机调查显示，在皮尔斯医生死亡那晚，9点25分，有一通长途电话打给哈罗德·兰德龙，但无人接听。

"很有用的信息。"赖特说。

"反诈小组还告诉我，哈罗德的生意特别可疑。"

"你们仔细检查过他的汽车了吗？"

"那是下一项工作，我们希望他的捷豹汽车崭新如初。"

哈罗德·兰德龙在那幢可以俯瞰泰晤士河的家里接待了他们。对奈杰尔来说，这里似乎更加不真实了，更像"最新理想豪宅展览"上的房子，而不是他们第一次见过的房子。从窗户向左看，他看到哈罗德废弃驳船的桅杆和传动装置，还有船厂里失事船只上低垂的绿色旗子。

"你告诉过我们，在你父亲去世那晚，你和妻子一起，一直待在家里。"赖特坚定地说。

"我知道。"哈罗德试图维持某种尊严,"我妻子的说法和我有点出入。"

"她去过你父亲家吗?"

"她从9点半到10点45分不在家。我不清楚她去了哪儿。"

"别装了,兰德龙先生。难道她没告诉过你,她要去哪儿,去了哪儿?"

"我不明白,你为什么要相信谣言,警官。"

"我不是法庭,先生,别和我闪烁其词。"

"好吧,我妻子确实告诉过我,她想顺路去一下6号。"

"你不觉得在大雾天出去很奇怪?她到底有什么紧急的事,必须要去一趟你父亲那儿?"

哈罗德的眼睛扑闪着,他站起身,走到壁炉架前,找到那里放着的一只昂贵的打火机,点燃手中的香烟:"一个令人尴尬的问题,警官。"

"你的意思是,兰德龙夫人去那里,不是去见你父亲?"

哈罗德看上去很诧异,片刻后,他恢复了难以名状的古怪个性:"不是去见我父亲?我搞不懂你在讲什么。"

奈杰尔立刻明白了,莎伦对哈罗德讲的,明显和对赖特讲的不一样。

"你妻子有一个紧急理由去你父亲家。什么事不能打电话讲或等到第二天早上再去?"

"是这样,警官。坦白讲,她认为如果她亲自和我父亲见面,就能说服他,你知道,他喜欢她,她认为,父亲可以帮我渡过……暂时的经济困境。我已经告诉过你们了。"

"但她没成功吧?"

哈罗德点点头。

"她见了你父亲,并遭到了拒绝?"

"我想她应该见到了。"哈罗德小心翼翼地说,"当时她回到家,对我说,'毫无进展'。是她原话。"

"就说了这些?"

"我不太明白……"

"我是说,你和妻子没有多聊几句她与公公的会面?"

哈罗德看上去极不舒服:"我妻子回来时很累,不太想说话。我看出她不愿多谈,就没强迫她。"

"但是兰德龙先生,那晚之后,你肯定和她谈过她与皮尔斯医生的会面吧?"

"没这回事。"哈罗德神色顽固起来,"父亲的失踪,还有其他事……都让我忘记了妻子和父亲的会面。"

"难道你没想过,"赖特耐心地问,"你妻子会是你父亲还活着时见到的最后一个人吗?她的证词对本案极为关键。"

"坦白讲,"哈罗德脸上露出少年般羞涩的表情,"那就是为什么……为什么我简单扼要地……描述了我们那晚的活动。我妻子真的很紧张,我想保护她免受这种痛苦。"

"讲出真相的痛苦？"赖特声音洪亮，哈罗德明显退缩了。

"我不喜欢你说话的语气。"他说，很快恢复了他一贯的自大张狂。

奈杰尔想，没人能比这位年轻人更狂妄了。

"那好。"赖特说，"回到你说的'简单扼要'。你妻子走后，你就自己待在家里？"

"当然。"

"一个人吗？"

"是的。"

"一直如此吗？"

"我已经说过是的。"

"可有一个长途电话打到你家，无人接听。"赖特眯缝起眼睛，观察着哈罗德，就像一只弓着腰准备扑过去的猫一样。

哈罗德咽了一口唾沫："哦，一个长途电话，是吗？"

"所以你听到了电话铃声？"

"当然，我又不是聋子。"

"你没接电话？"

"没有，我在专注思考生意上的事，不想被打断。"

"那你记不记得，电话铃是什么时间响的？"赖特漫不经心地问道。

"9点半前吧。不，我手表快了几分钟，我想应该是9点25分。"

赖特阴沉的脸上看不出任何波动，不知道他是否看穿了哈罗德看似滴水不漏的说辞。他又多问了一句："能用下你的电话吗？"

"当然可以，就在客厅里。"

赖特出去了。

"他现在想干什么?"哈罗德抱怨道。

"我想,他是去问问总台,你们家是否有人打电话去问询长途电话的事,如果有,是在何时。"

"我明白了。等着吧,他会失望的。待在这种被人怀疑的气氛里,真让我不舒服。"

"肯定会的,但你已经引火烧身,确切说,是你们两个,不是吗?"

"我不理解你说的。"他很自然地去袒护妻子。

"你不会只有在谈论船只时才流露出人的本性吧?你就不能扔掉你那副伪装的外表吗?"奈杰尔的故意刺激收到了效果。

"人的本性?你到底什么意思?我爱我妻子,并且……"

"通过编织这些童话般的谎言,你让她深陷被警察盘问折磨的处境,还不如一开始就实话实说。如果我无法信任你们说的任何一句话,你们还怎么指望我去帮助你们?"

"以我家人目前的经验看,"哈罗德生气地回应,"指望你的帮助是不明智的。"

"看在老天爷的分儿上,别用这种年度股东大会上主管发言的语气说话!我没时间和你兜圈子,直来直去比较好……"

"你竟敢和我说这种话!这些话太侮辱人了,你给我滚开!"哈罗德平静的面容终于彻底爆发。

"我说的都是真心话。"奈杰尔平静地说,他转头看向刚进来的赖特:"我掐了兰德龙先生一下,看看是不是我梦中见到了他。"

"警官，斯特雷奇威先生好像已经失去了理智。"

"先生，他经常那样。我能用一下你的车钥匙吗？"

哈罗德面对着这群怪人，彻底糊涂了。他最后还是交出了车钥匙，告诉赖特，捷豹汽车一周前送到东格林尼治的修理厂清洗去了。他现在开的那辆车停在佩尔顿路上，不在车库里。接下来，赖特告诉他，总台没收到关于长途电话的问询，只有警察问过。

"这下可以排除我了吗？"哈罗德问，不安地看向奈杰尔。奈杰尔看上去像是被定住了，他脑海里冒出来一个特别奇怪的主意。"我想和兰德龙夫人谈谈。"他说。

"她在床上休息，恐怕有点不舒服。"

"好心人，拜托你帮我问问她，愿不愿意见我。"

赖特叫手下去调查那辆捷豹汽车了，那又是一份艰苦的排除嫌疑的工作。两天前，有人打电话给赖特，指责他没有把哈罗德的汽车列为首要目标。自责对赖特来说和释放肾上腺素一样有效，他命令手下，必须火速完成任务。他派了一名警察去调查东格林尼治修理厂的清洁工，问问他是否发现捷豹车的内饰或垫子上有血迹污渍，与此同时，专家们负责调查汽车。赖特则亲自去调查那些大雾之夜停车地点附近的房屋。

这时，哈罗德满脸不悦地告诉奈杰尔，莎伦愿意见他，然后带着他上楼去了。这里混杂着实用与奢侈、时髦与邋遢，这些反差让人回想起瑞贝卡·兰德龙杂乱陈旧、一尘不染的卧室。如果莎伦身体欠佳，她肯定会想办法掩饰。她支撑着身体，坐在一只低矮的沙发床上，勾勒出皮尔斯医生曾经点评过的小巧身材。古铜色的秀发瀑布般垂落肩头，脸颊苍白，不施粉黛。和许多漂亮女人一样，她半躺在床上时，看上去没那么性感，显得毫无防备，天真直率。

"你昨天对我真无礼，"莎伦和奈杰尔独处一室，似乎更真实了一些，"受不了你。"她把一堆时装杂志从床上推到了地上，"过来，咱们讲和吧。"

"很抱歉打扰你休息。"奈杰尔说着，在床边坐下。

"我身体没问题，卧床只是为了避免和你的那位警官发生更多的尴尬矛盾。现在，哈罗德焦虑得要命，这让我恼火。顺便说一句，他认为你已经疯了。"

"对，我有了一些疯狂的怪念头。"

莎伦盯着他的脸，满脸鄙夷，像被宠坏的美人一样漠不关心地说："哦？"

"真的。比如，在你公公死亡的夜晚，你根本没去过他家。"

"亲爱的，那就是你的怪念头吗？这就有点可笑了，他们已经知道，我去过那里了……"

"那是哈罗德说的。他说你去那里看看，能不能劝说他父亲给他一大笔钱，拯救他的经济危机。是真的吗？我觉得听起来很假。"

"为什么？你不觉得我应该尽点力去帮助自己的丈夫？"

"那当然，但你也可以帮助你自己，不是吗？"

"什么？帮助自己不要掉进贫困线？"莎伦气急败坏地说，"没那么糟糕。我还可以重操旧业，做做模特。你为什么说，我没去过皮尔斯医生家呢？"

奈杰尔淡蓝色的眼珠不动声色地看着她："你丈夫去了，把你留在家里。所以哈罗德知道，那晚的长途电话打来的确切时间。"

"长途电话？你在说什么？"看上去莎伦真的被搞糊涂了。

奈杰尔解释："那是哈罗德能想出来的唯一不在场证明。我认为，哈罗德有非常强烈的动机去弄死皮尔斯医生，而这个不在场证明对他很有利。我真心希望你能讲实话，如果警察觉得你们两个在编故事，他们会愤怒得不择手段，让你们说出真相。"

"我为什么不讲实话？承认我和格雷厄姆在一起又不是好玩的事。"

"女人只在有机可乘时才会对讲实话感兴趣。"

莎伦的绿色眼睛大胆地望着他："你是性学权威喽，对吗？"

"研究至今。"

"或许你理论在行，但你更需要几节实践课。锁上门，脱掉衣服。"

"你对格雷厄姆就是这么说的？"

"你真严肃啊，"她用沙哑的声音嘲笑道，"害怕掉进自己搞不定的风流韵事里去？"

"所以，那晚你成功勾引到你的另一个战利品格雷厄姆了？恭喜你。"

奈杰尔尖酸的语气刺痛了莎伦，她叫道："勾引？他比你强十倍，他会竭力争取自己想要的东西。"

"你是指，我想要你，却不敢？你自负得有些病态了。是的，我一点也不会感到惊讶，如果你不是编造你自己和格雷厄姆有一腿，只是去满足一下。"

"你可以去问他。"

"我宁愿问你。如果你让我相信你那晚去了6号，并和格雷厄姆睡了一觉，或许也可以让警察相信你。得了吧，快告诉我，究竟发生了什么事。我认为你并不是去哄骗你公公问他要钱的，那样说只是为了哄骗哈罗德。"

"你真是了不起的大侦探。"

"你真是极富魅力的女人。让我们把之前的争吵忘了吧。"

"你试图激怒我，可我一点也不生气。亲我一下，当作弥补。"

奈杰尔把手放在她裸露颤动的肩膀上，用力亲了她一下："姑娘，咱们言归正传。在那个雾夜，你为了某个紧急原因，秘密去见了格雷厄姆。"

"是的，先生。"

"什么原因？"

"他有东西给我。"莎伦注视着他的双眼，仿佛奈杰尔对她实施了催眠。

"什么东西？别告诉我是他的青春魅力。"

"是个秘密，给你三次机会，猜猜看。"

"一次就够了。"

她往后退了一步，轻蔑地看着他，说："你想说，是我的风流韵事，对吗？"

"是啊。如果我躺在蚁丘上，让自己被生吞活剥掉，那也是我的私事。你也是这样自作自受的。"

"其实，我准备放弃我的蚁丘。"

"那你去那座房子是？"

莎伦说，她从前门进去，四下无人，便径直上到格雷厄姆的房间里。大约十分钟后，格雷厄姆进来了。"他看上去……我不知怎么说，也许是兴高采烈？你知道，他平日有多冷漠，我就给了他一次机会。"

"狂躁症？"

"是的。说实话，我从没把他当做……情人。他锁上门，朝我咧嘴笑，像一个赢得挑战的少年。接下来，他让我躺在床上，四肢摊开，任他摆布，我什么也干不了。我非常惊讶，事后我也和他说了。"

"他说了什么？"

"不记得了，他几乎不怎么说话，一点也不温柔。他让我感觉就像……我是一种他高奏凯歌的乐器，或者他把内心的愤怒发泄到我头上。也可能两者兼而有之。真的特别奇怪，也很刺激。我讨厌男人在床上毕恭毕敬的……你懂我意思吧。对了，他嘟囔过他母亲是妓女，这我真没想到。有没有这种可能，因为他母亲，所以他向我报复，把我当成妓女那样玩弄？"

"非常有可能，然后呢？"

莎伦说，他们做了几次爱。事毕，莎伦悄悄地下楼，避开了书房门口，从后门溜了出去。在诊所通往花园的走廊，她停留了片刻。大雾中分不清方向，她不知道能不能找到家。之前的事弄得她头晕脑胀，她也希望能镇静一下。

"后来,我发现丝袜湿了。"莎伦漫不经心地说。

"丝袜湿了?"

"是啊,当时我站在浴室污水管下面,水溅到了我身上。"

"大概几点,10点半?"

"差不多。"

莎伦被那些水溅到后走开了,穿过花园来到车库。她看见两辆汽车都在车库,库房门关着,没上锁。

"那个时候谁会在洗澡?"奈杰尔问。

"估计是格雷厄姆……不对,看我多笨!那是从皮尔斯医生房间浴室连下来的污水管。"意识到自己说的话后,她瞪大了双眼,"天哪!我怎么没想到!那意味着什么?皮尔斯医生10点半时肯定还活着。"

奈杰尔不说话,只是看着她。莎伦不安地说:"说几句话吧,奈杰尔。难道你不相信我?你在想什么?"

"那根污水管可以给你和格雷厄姆提供完美的不在场证明。"

"该死!你觉得我又在编故事?"

"反正你已经编了这么多……好,先不提这茬。你怎么知道污水不会来自其他浴室?"

"因为当皮尔斯医生在附楼上建造卧室和浴室的时候,水暖工就分开安装了水管,好让污水方便排泄。"

"污水管可以证明前模特的清白,太棒了!"

"严肃点行吗?我绝对不会杀死那个老人,你是这样认为的吧?"

"我不抱成见。"

莎伦笔直地坐在床上,拳头紧握,拍打着床单:"为什么你不相信我?我发誓,我一直和你在讲实话。"

"我相信你。"奈杰尔温和地说,"相信你说的每一句。关于格雷厄姆说的话和他给你留下的印象,单靠你的想象力,很难编造出来。那么,从你离开他的房间到丝袜被水溅湿,花了多久?"

"也就一分钟吧,肯定不到两分钟。"

"那你之后把丝袜洗掉了吗?"

"是的。"

"可惜了,那本可以用来证明格雷厄姆不在场的。"

"哦?"

"格雷厄姆会怎样,你并不关心,对吗?"

"为什么我要关心?那晚之后,我没有刻意回避他,反而是他一直躲着我,几乎不和我说话。说实话,我感觉很怪异,一想起来就心惊肉跳。"

"你惧怕他?"

"有一点,我不确定……为什么要怕?也许是因为他有点荒诞不经,和你一样。"她说着,对奈杰尔挑逗地微笑。

"你不怕他逼你'买'更多唱片?"

"唱片?我明白了,唱片和蚁丘,这我不怕。我怕的是,我悄悄谈论他花天酒地的生活,被他们知道了会怎样。"

"他们?他和他的朋友吗?"

"是啊,无论他们是谁。"

"好,我不会告诉他们的。"

莎伦优雅地从床上站起来,走到一个抽屉跟前,翻找起什么。她睡衣很短,露出了一截大腿。她走近奈杰尔,透过长长的睫毛望着他,伸手递给他一双丝袜,说:"现在,用它勒死我,你想不想?"

"我不确定。"

"为什么你总是欲擒故纵?"

"得到我没那么容易。"

"别嘴硬了。你我的内心都藏着炸药呢,需要我点燃导管吗?"

"炸死哈罗德?"

"我会在乎吗?"莎伦若有所思地凝视着奈杰尔,说,"赶紧出去,留着你该死的节操吧!"

第十章

往事片段

等奈杰尔回到家,克莱尔对他说:"假如她撒谎了,她参与了谋杀,长筒袜上沾了血,她一定会销毁掉那双袜子;假如她跟你说的是实话,长筒袜是被污水管溅湿的,那我就不明白……"

"还有另外一种方法,会让她的长筒袜上沾血。"奈杰尔讳莫如深地说。

"这行为真是难以理解。"

"几天前,你暗示过皮尔斯医生的死因……你现在明白了吗?"

克莱尔眼睛一亮,说:"是啊!格雷厄姆并没有那段时间的不在场证明?"

"没有,莎伦当然也没有。他的不在场证明只有部分能够成立——如果她说的是实话。我认为她讲过一次实话。"

"要么是皮尔斯医生 10 点半在洗澡,证明他还活着,要么是……"

"的确如此。"

克莱尔看上去迷惑不解:"我不明白,那两个人怎么会是同谋?他们的动机是什么?这样一对情人,去谋杀皮尔斯医生……"

"也许是皮尔斯发现他们贩毒?"

"也许我们能证明格雷厄姆贩毒,但莎伦还没有充分证据吧?"

"我赞同这点。不过我认为,他们不是同谋。莎伦今晚和我谈话时,她说了一些话。"

接着,奈杰尔告诉克莱尔是哪些话。克莱尔咬着嘴唇,说:"不管怎样,那个念头很恶毒,是吧?"

"是的。"奈杰尔慢悠悠地说道。

"那么,为什么要搬走尸体?是谁搬走了尸体?"

"如果我知道原因,我就能知道主谋是谁。"

"亲爱的,快别吹嘘了。"

"我想,我知道是谁把尸体扔到河里了。"

"快点告诉我。"

奈杰尔对克莱尔说出了自己的猜测,详细地说了原因。"但是,这对找出真凶无济于事。我们手边有格雷厄姆、瑞贝卡和沃尔特·巴恩。哈罗德……倒是有可能,尽管不清楚他是什么时候得知那通长途

138

电话几时打来的。当然,詹姆士·兰德龙也有可能。"

"皮尔斯医生自己呢,有可能吗?"

"有可能,就是太麻烦。从医学角度看,如果我要自杀,我可能会先试探性地割一个伤口。可他的两个伤口一样深,自己如何特意为之?即便他抱着必死的决心,又如何有力气去割第二个一样深的伤口?"

"他如何有力气去切割第二个伤口?"这句话,奈杰尔曾亲口问过冷漠的格雷厄姆·兰德龙。

第二天,赖特打来电话,说对哈罗德捷豹汽车的调查没有任何结果。上周,清洗汽车的公司在内饰或垫子上也没发现任何可疑血迹。汽车停靠的佩尔顿路附近,也没有居民在皮尔斯医生死亡那晚听见汽车发动的声音。

现在,在6号地址,格雷厄姆那间整洁又缺乏情调的屋子里,奈杰尔正面临他做过的最艰难的一次讯问。

格雷厄姆嘲讽地轻声说:"所以警察也被搞糊涂了。"

"暂时如此。我说过,除了那些医学证据以外,所有人都会接受皮尔斯是自杀。"

"死者会自己走过去投河?"

"你为什么会觉得,皮尔斯医生会在这幢房子里自杀?"

格雷厄姆看上去有点困惑:"我认为一切都已经解决了。哈罗德说过,皮尔斯是临时起意走到河边的,你们警方觉得存在那种可能吗?"

"那和有人发现他死了,还费力把他扔到河里一样是不可能的吧?"

格雷厄姆思考了一下,说:"我不明白。"他慢悠悠地说道,"从职业角度考虑,在医生家里发现尸体令人尴尬。"

"如果皮尔斯医生自杀会影响诊所声誉,那么尸体在哪里被发现并不重要。"

"我也希望你是对的。"格雷厄姆漠不关心地说道。

奈杰尔站起身,在屋里踱步,漫不经心地摆弄壁橱的锁,走到窗户边。他意识到,格雷厄姆的眼睛一刻都没离开过他。

"这棵树在夏天一定很美。"他看向这棵高大的酸橙树,一群麻雀正在枝头叽叽喳喳叫个不停。

格雷厄姆的嘴角轻轻抽动了一下,发出厌恶的微笑,没再吭声。

"为什么你把东西都锁起来了?"奈杰尔问,再次试图摆弄壁橱把手。

"这是我的房间,我想怎么做就怎么做。"

"你母亲死后,他们送你去了孤儿院。那地方根本没有隐私,所有孩子都会顺手牵羊。毫无疑问,那就是你现在注重隐私的主要原因。"

"你懂心理学?"年轻人彬彬有礼地讥讽道。

"难道你没想过,皮尔斯医生应该是你的亲生父亲吗?"

"为什么他应该是?"

"你听了我的话不觉得惊讶?"

"我不记得母亲谈起过他,我只知道母亲对父亲很失望。我说'知道'也只是一种'猜想',我从不相信他在战场上被打死的说辞。无论如何很明显,父亲就是那个令她失望的男人。因为我是私生子,她不得不去当了妓女。"

格雷厄姆的声音不带一点情绪,眼里不带半点感情。

"你认为皮尔斯医生是那种人?"

"不是,所以我认为,他不是我亲生父亲。"格雷厄姆三角脸上的小嘴噘着,像在沉思,"当然,那也说明了一件事。"

"什么事?"

"我来这个家不久,曾偷听到瑞贝卡和詹姆士谈论他们的母亲。他们提起过他们父母间的一场争吵,起因是珍妮特截留了一封皮尔斯的信件,皮尔斯医生知道了是他妻子干的。他先是激动地和她争吵,后来又和她冷战。一年之后,珍妮特就死了。"

"所以几天前你对詹姆士说,他母亲是疏于照顾而死的?"

"是的。"

"你认为,那些信的寄件人可能是你亲生母亲,也许是告诉皮尔斯医生自己病重,恳请他寄点钱过去。"

"有可能。不过,我之前没把这两件事联想到一起。"

"真没想过?"

"再说一次,真的没有。"

"尽管奈丽跟你讲过你的母亲,说米莉曾给孩子父亲寄过一两封信,恳请他汇钱过去,可你从来没有将两者联系起来?"

"你总是从那个老妓女嘴里探听消息?"

"你总是看不起她们吗？"奈杰尔有点恼火地说。

"别教训我。"格雷厄姆冷冷地答道，"我能接纳任何人，并且……"

"你看到莎伦，就'接纳'了她，对吗？"

格雷厄姆的眼睛眯起来，问："你什么意思？"

"你走进这个房间，强奸了她。"

这个年轻人坏心眼地咧嘴笑起来："那位女士心甘情愿的。"

"反过来说，我没说错，对吗？"

"我想是的。"

"但你告诉警察，是你先待在这个房间，她才到的。"

"不明白你的意思。"

"好的，你就说你走进屋，看到她已经在里面了。你是从哪里走进屋的？"

格雷厄姆笑起来，双手抱着后脑，说："我认为你讲的'走进'是一个隐喻。"

"并不是。莎伦告诉我，在你进来之前，她已经等了你十分钟。"

"她真是生性爱撒谎。不过，这些都无关紧要。我明白了，你的意思是，我在她等我的十分钟里，杀死了自己的养父？"格雷厄姆轻松答道，但眼睛仍然盯着奈杰尔不放。

"你说的情况有可能发生。如果莎伦讲的是实话，那么你的不在场证明又少了十分钟。"

"她不会说实话的。"

"为什么她要在这一点上撒谎，其他又如实讲述？"

"我怎么知道?"格雷厄姆微笑着,露出不寻常的魅力,仿佛不想用那些话来冒犯人,"或许,她想在那十分钟里做手脚。"

"你其实不信那些话,是吗?"

"当然不信,我嫂子太正经了,不会做那种事。"

"那请你告诉我,她那晚来这里究竟干什么?"

"不是为了她拿到的东西。"格雷厄姆回忆着,嘴角抽动了一下。

"那是为了什么,一场愉快的聊天?"

"你最清楚她来干什么。"格雷厄姆稍作停顿,说道。

"你答应过的'唱片'?一小包……"

"是你说的,不是我。"

"皮尔斯医生没有责备她吸毒?"

"不清楚,你为什么不直接问她?"

"皮尔斯是一流的医生,肯定留心到了蛛丝马迹。他必然想知道,是谁给莎伦供应毒品的。"

"诚如警方所说,这场对话得到特许保密的。我应该否认谈话发生过。"格雷厄姆平静地说。

"他们当然会听你的供述,而不是我的推论。除非警察发现你手里有毒品,或是莎伦向警方泄密,否则他们不会对你怎么样。你有充足的时间掩盖痕迹,而且皮尔斯医生也死了。"

"你讲的真乏味。假设我给莎伦提供了毒品,当然,我不会承认这点。假设皮尔斯医生发现了,你真认为他会去找警察?他可是很在意家族荣誉的。"

"我敢说你是对的。我真正感兴趣的是,你为什么让莎伦染上毒瘾?"

格雷厄姆看着奈杰尔,没有说话,脸上依然是淡淡的玩世不恭。

"可能是……"奈杰尔自言自语道,"因为你有一个不堪回首的童年,所以你形成了一种报复心理,想用权力施压他人。莎伦喜欢新鲜玩意儿,沦为首要受害者。另一方面,你天性爱报复,有强烈的动机在兰德龙家族里面搞破坏。你对皮尔斯医生的怨恨,很容易就会延伸到他的孩子们身上。好吧,我相信这些推断不久后都会查出来的。"

在奈杰尔冷静分析时,格雷厄姆那张蝙蝠似的脸,不经意地流露出一点点活力。他似乎很高兴自己能成为讨论的话题,没有对奈杰尔的说法感到恼火。

"皮尔斯医生失踪后第二天早上,当你和瑞贝卡一起去找你父亲的时候,她有没有很难过?"

"有一点。"

"你们在卧室里找的时候,去浴室了吗?"

"我一个人进去过。"

"当时瑞贝卡紧张吗?她害怕进入浴室,畏缩不前吗?"

格雷厄姆模棱两可地回道:"说实话,我也不太确定。"

"好吧。当你说皮尔斯医生不在浴室里,她的反应是?"

"我不记得她说了什么特别的话,她看上去有点惊讶。"

"你不是说,她害怕进入浴室吗?"

"老实讲,我不能告诉你。那个时候,大家都非常担心父亲。很有可能他接到紧急电话出去看急诊了,我们只是做了警察口中的例行搜查。"

"我明白。根据你说的,前一晚,你坐在房间里,莎伦进来时状态如何?"

"天,我又不会读心。如果你想说,她是不是看上去像刚刚切开我父亲手腕后回来的样子,答案肯定是不。"格雷厄姆语气有些暴躁,"我无法理解,她为什么告诉你她来的时候我不在这儿?这个谎言毫无意义。警察听了会怎么想?"

"据我所知,她还没告诉警察这些事。在那晚她离开你以后……"奈杰尔走到窗口,看着右手边皮尔斯医生浴室墙外伸下来的污水管,说,"你没听到污水管里有水声流动的声音?"

"不记得了。"年轻人停顿了一下,说,"我窗户关得紧紧的,不一定能听见。你为什么问我这个?"

"那根污水管是从你父亲浴室伸下来的吗?"

"当然了。但莎伦是 10 点半离开的,那时他应该死了。"

"你怎么知道?"

格雷厄姆好像对这个令人震惊的问题不为所动,说:"我不知道,我猜的。毕竟,老人不会在 10 点 15 分起来洗澡。他已经早早服了安眠药,在晚饭后就寝了。而且他平时都是在清晨洗澡的。"

"是吗?那就有点意思了。看来你是唯一继承了皮尔斯医生智力的人。为什么你不愿做点正经事,而是去做那些毫无前途的工作,又半途而废呢?"

"我才二十岁,为什么要按部就班?我不欠社会什么。就算前十三年社会那样对待我,我也会这么说。"

"你就没什么野心?"

"现在还没有。"格雷厄姆答道。

"过去有吗?"

"有一个野心。"格雷厄姆悄悄地露出了笑容。

"是什么?"

"成为一流的爵士乐钢琴手,拥有自己的乐队。"

"我认为你已经是一个钢琴手了。我从没忘记那次晚宴后你为大家弹奏的场景。'他是她的男人,他对不起她'……你弹副歌时想起了你母亲,是吗?"

格雷厄姆对奈杰尔的赞扬很受用,靠近他,冷静地解释:"并没有,因为《弗兰克和约翰尼》是有关同性恋情的歌。"

五分钟后,奈杰尔和瑞贝卡坐在了一起。瑞贝卡刚购物回来,把他引到优雅的客厅。瑞贝卡穿着乡村粗花呢外套,笨手笨脚,很不协调。她看上去有些警惕,奈杰尔想不出原因。一番客套后,在阴云笼罩的兰德龙家里,她贵妇人一般的举止让人感觉有几分滑稽,她脱口而出:"我希望警方早日解决这个问题,斯特雷奇威先生。附近的人们已经在谈论此事了。"

"有关你家的闲言碎语?"

"是啊，在商店里，都有人用惊恐的眼神看着我。"

"那肯定令人不快。但他们或许没有恶意，只是好奇罢了。只要你无所畏惧地面对他们，这种情况很快会消失。"

"我父亲在这一带很受敬重。"瑞贝卡压低嗓音说，"他们觉得，我们这些子女中，有人为钱杀死了他。"

"你们中的哪一个？"

"哈罗德，或者格雷厄姆。但也有人说是我……流言说，因为我父亲讨厌沃尔特。"

"我亲爱的姑娘，你怎么会知道他们这么说？他们又没当面和你说。"

瑞贝卡双手紧握高背椅的扶手，端庄地坐着说："他们怎么敢当面说？是沃尔特的一个朋友，在酒馆里听到他们在聊八卦。"接着，她崩溃地哭了起来，"太可恶了。这一切还要持续多久？詹姆士非常担心……我不知道如何应对他。"

"你还有沃尔特陪你。"

瑞贝卡的嘴唇开始颤抖起来："我两天没见到他了，他怎么可以这样不厚道？"

"我想他很忙吧。"奈杰尔安慰道。

"我上次见他，他说我的富有对他的艺术生涯来说不一定是好事。"她低声说。

"他对你有了新想法，但你们没有分手，不是吗？"

"没有吧，我也不知道。我真可怜！重重疑云毁了一切！他甚至……"瑞贝卡停顿了一下,扭着手里的方巾。

"他甚至怀疑过你?可你那晚一直和他在一起,直到半夜啊。"

瑞贝卡的眼神从奈杰尔那里挪开,自言自语道:"父亲可能……可能在饭后回房间之前就被杀了……也许在沃尔特离开之后。会是那样吗?"

"有可能。沃尔特也有作案嫌疑,那才是最令你担忧的事情,是吗?在你上楼回屋前,或者在他半夜离开这座房子时?"

瑞贝卡羞愧地双手掩面。

"他说过,和一个有钱女人结婚,不利于他的绘画事业,尽管此前他并没有对此感到困扰。你害怕他杀了你父亲,又失去了承担责任的胆量,试图消除自己的杀人动机?"奈杰尔问。

她点点头,双手捂着脸。奈杰尔想,可能就是这样,要么是沃尔特怀疑她谋杀了皮尔斯医生,为避免牵涉其中,便准备抽身离开。沃尔特不愿被卷入麻烦,尤其这又是被警察接手的谋杀案。另一方面,他一开始就叫瑞贝卡说,她那晚一个人待在房间里。如果瑞贝卡讲了实话呢?

奈杰尔决定将这条线索逼入绝境。"告诉我,"他问,"你母亲去世前一年,你父亲曾和母亲有过一场争吵,他们吵了什么?"

似乎有一条缰绳突然拉直了瑞贝卡的脖颈,她抬起头,说:"吵架?我不懂你的意思?"

"我认为夫妻之间应该忠诚,但盲目忠诚会带来惊人伤害。"

"我不想谈这事儿,你最好去问詹姆士,那太私密了。他会决定有没有必要告诉你。"

几个小时以后，詹姆士·兰德龙问："你能保证这和你的调查密切相关？"

"当然。"

"好。即使过去了这么多年，回顾这件事也很痛苦。"詹姆士医生坐在餐桌的首位，匆忙地吃完了午饭。已故母亲的画像就挂在他身后的墙上，她那双令人敬畏的眼睛注视着儿子。瑞贝卡没有夸张，詹姆士状态不佳，看上去深受困扰，结实的身材瘦了一圈。

他给自己倒了一杯水，举起玻璃杯靠近灯光，仿佛要测剂量。"你确定不要吃点午饭吗？贝姬可以……"

"不用了，谢谢。我经常不吃午饭。"

詹姆士以职业医生的眼神看了他一眼："是吗？怪不得你看上去身体很棒。我敢说，我们对吃饭这件事过于重视了……"接着，他声音变小了。

"你会告诉我关于吵架的事吗？"

"我会。对了，贝姬来给我们泡咖啡，你要一杯吗？"

"谢谢。"

他们一直默不作声地坐着，直到他妹妹离场。詹姆士身子往前一扑，暗示他要打破一些束缚。接着，他娓娓道来：

"大约八年前，我在接受培训的第三年吧。一天晚上，我们吃完饭，坐在客厅里，就我母亲、贝姬和我。父亲手里拿着信进来了。他怒发冲冠，我从没见过任何人那么愤怒，接近发狂，就像他刚醒来，发现自己被活埋了一样。他走到我母亲身边，当着她的面抖着这些信。他说，看这封信……我不懂你为什么想刨根问底。"

"不要紧，继续。"

"他说，'珍妮特，我希望你意识到，你是谋杀犯，也是小偷'。母亲则说，'我是为你好'。他又回答，'你这样做是出于恶毒的、令人鄙视的妒忌心'。我永远也不会忘记他们的对话，他们的脸。真是太糟了。我们之前从没见过他们吵得那么无情。他们忘了，孩子们都在场。后来贝姬歇斯底里起来，我不得不带她出去，让她平静下来。后来，她病了好几天。"

"那就是你听到的全部吵架内容？"

"不，后来我又回去了。父亲不依不饶，我没插嘴，站在门边听着。我怕他会打我妈，我不敢离开。"

"怪不得你能完整地讲出吵架经过。"

"是啊。当然，事后他俩没一个人重提此事。但从那时候起，父亲对待母亲的态度就变了，当她是空气。真的太残忍了，不论她做了什么，她也不应被这样对待。那一年，大家都过得很痛苦。然后，妈妈就死了。她本来心脏就不好。但我父亲那样对她，她也是活不下去了。"

奈杰尔专注地看着詹姆士·兰德龙，他看上去备受困扰，表情痛苦。这位医生尴尬地陷入一种感觉，这种感觉与他冷漠的职业礼仪格格不入。

"我认为，"奈杰尔说道，"寄信人是一位年轻女士，她和你父亲有了私生子，在向他求助。"

"是敲诈信。"詹姆士冷酷答道。

"你怎么知道的？你又没有读过。"

"是母亲说的。"

奈杰尔心想，现在有两个米莉：珍妮特·兰德龙所称的"敲诈的泼妇"；奈丽所称的"美如水仙花的朋友"。他问："你母亲当时拦截了那些信？"

根据詹姆士的描述，珍妮特·兰德龙无意中打开了第一封信，大惊失色。信件接踵而至，引起了她对丈夫的警惕。在那场可怕争吵的前几天，有消息说米莉已经在1945年去世了。皮尔斯肯定奇怪，她为什么不写信来说自己生病了，也没收到他的汇款。他认为她写了信，只是不知道那些信的下落。有鉴于珍妮特控制欲强、道德感强的天性，答案只有一个。她把米莉看成丈夫一段讳莫如深的情史，也是丈夫事业和婚姻潜在的威胁。信的字里行间，可让人感受不出米莉的愉快和无私（如果奈丽说得对的话）。那么，珍妮特为什么没有把信件销毁，而是私藏起来了？奈杰尔心想，信的存在，可以当成控制丈夫的潜在工具，又或许她天生爱收藏东西。不管怎样，现在有什么问题呢？

"在你们母亲去世后，你和瑞贝卡谈论过这件事吗？"

"谈过，我认为这么做可以治愈创伤。很长一段时间，瑞贝卡难以接受这件事。我认为直面谈论好过回避。"

"很明智。但有一天，格雷厄姆偷听到了你们的谈论。"

"格雷厄姆，那个小野种。"

"野种？你知道你在说什么吗？"

詹姆士·兰德龙迷惑不解地看着他，说："他绝对就是一个……"他迟钝的脑袋转了过来，"天！你是在暗示？"

"你从没想过，格雷厄姆有可能就是米莉和你父亲的私生子吗？"

"什么？我父亲会把这个小杂种带回家，还让他住进我母亲的房间？我怎么会有这么离奇的想象力？"

奈杰尔对他的矢口否认不置可否，说："你母亲已经死了，你父亲肯定想做些什么，弥补那对母子。"

"该死！那是我母亲的房间，这样做真是伤口撒盐。"

奈杰尔盯着他："你和你母亲立场一致，是吗？"

"立场一致？"

"你支持母亲，反对父亲。尽管他们都已经死了，你还是没变。"

"是又怎样？"他怒目而视，像醉鬼发出威胁，沉浸在突然爆发的情感中。

奈杰尔陷入长时间的沉默。

"好吧，是又怎么样？"詹姆士重复了一遍，他带着恍然大悟的神情，慢慢说，"你想暗示，我怀着对父亲的怨恨，过了整整八年？"

"积怨已久。"奈杰尔小声说。

"那我肯定疯了。如果我要杀他，我不会等这么长时间。该死！其实我和他相处得还行……"

"那么，是谁杀了他？你在袒护谁？"

詹姆士·兰德龙突然站起身，冲出了房间。

第十一章

裸体与死者

奈杰尔第三次按响那幢能俯瞰布莱克西斯①的房子的门铃。无人回应。奈杰尔正准备离开,身后的门被打开了。

"是你,"沃尔特·巴恩说,"我正在工作,你想干吗?"

"和你谈谈呗。那我晚点过来。"

"没事,进来吧。反正一天中的最佳光线已经消失了。"

说着,沃尔特领着奈杰尔穿过一个难以形容的大厅,来到屋后一

---

① 格林尼治富人区。

个大房间。刺眼的北方寒光从落地窗射进来,无情地照到还没有整理的行军床上。煤气灶上有一个脏兮兮的平底锅。墙上挂着灰暗的画布。厨房餐桌上满是颜料、抹布、装满画笔的果酱罐。屋里充斥着松节油和贫穷的味道。

"欢迎光临寒舍。"沃尔特说道,"这位是路易莎,在她不受欢迎的朋友圈里被称为露西。"

"你好吗?"奈杰尔向赤身裸体的女孩打招呼,她歪斜地坐在厨房椅子上,披头散发,怒目注视着他。

"冷得要命。"她居高临下地说道。

不管是北方寒光,还是钻到屋里的东风,都让人觉得寒冷刺骨。那个老掉牙的煤气取暖炉远远不够,女孩的皮肤已经冻得蓝兮兮的。

"这位是谁?"她皱着眉头问沃尔特。

"他是斯特雷奇威先生。"沃尔特说,"他和克莱尔·马辛格小姐生活在一起。"

一丝活力出现在女孩的柔和的脸上:"克莱尔·马辛格?那个雕塑家?她的风格已经过时了。"

"闭嘴,露西!马辛格是一流的,你懂什么?"

"是彼得说的……"女孩站起身,露出结实的身材、粗壮的双腿以及画家们都喜欢的肥硕臀部,说:"我警告你,如果和那些人混在一起,你的作品会变成什么样子?彼得说……"

"别再说彼得了!"

那个女孩把头发甩到身后,露出脏兮兮的脖子:"好吧,你快去

154

娶那个该死的富婆吧,意大利画家安尼戈尼再也见不到你的尸骨了。"

沃尔特说:"抱歉,她过于无礼了。"他抓住那个结实的女孩,高高举起,她的双腿像青蛙一样踢腾着,然后,他把她放到床上的一堆衣服里。

"她欠抽。要不你先上?"沃尔特咧嘴向奈杰尔笑着,一边向画架走去,"色调,"他心不在焉地说道,"你必须感受色调,这里!"他拍打着结实的胸口,"年轻的露西,你感受到她是什么色调了吗?"

"她看上去很沮丧。"奈杰尔说道。

"那只是她难以捉摸的情绪。她父亲是注册会计师,正经人家的女孩,信不信由你……她想背叛资产阶级的社会地位,以及诸如此类的玩意儿,因此来给我当模特,还会去那些该死的艺术学校。很可悲,不是吗?"他用调色刀刮除画布上的颜料。"路易莎,懒惰女王……记住我的话,她最后会住进郊区的半独立屋,像庸俗的其余人一样,浴室里放着婴儿尿片,客厅里有三件套精品家具。"

"为了那个?"他的评论对象嘟囔着嘴说,一边将厚毛衣套到头上。

"看她丰满的臀部,我敢说,马辛格小姐也可以用她当模特,创作一些作品。我需要有人可以从我身上将色调激发出来,明白吗?一个会要求朱红色、深蓝色和铬黄色的模特。可怜的露西,她只会激发出像冰冻羊肉那样恐怖的色调。"

"如果你画画真像你说的那样好,"女孩反唇相讥,"你早就去美术学院了。"

"哈!双重侮辱,我真惭愧。走吧,我的克娄巴特拉,明天见。"

"再见。"路易莎温和地说道,她瞥了一眼奈杰尔,离开了。

"就这样咯。"沃尔特嘟囔,"她拥有波希米亚式的生活。喝杯茶?"

他在一堆颜料抹布下面费力找出来一盘圆面包,再把水壶灌满,打开煤气灶。奈杰尔仔细观察着这位年轻画家炮弹似的脑袋、结实的身体和灵巧的动作。

沃尔特一边倒茶一边问:"罪与罚的伟大世界里,事情进展如何?找到更多尸体了吗?"

"瑞贝卡现在很难过。"

他炯炯有神的蓝眼睛里掠过一丝警惕的神色:"是她派你来这里的?"

"不是啊。"

"那你来干吗?你干起了婚姻咨询的行当?吃点面包吧。"

"我不明白,你是否和她断绝了关系?"

"她怎么说的?"

"她说,已经两天没见到你了。你怎么想的?"

"我也两天没有见到她了啊,那又怎样?我不可能活在她的眼皮底下。"

"你愿意痛打两个骚扰她的记者,但你不愿在她遇到真正麻烦的时候陪在她身旁?"

"我痛打他们,是因为我讨厌记者,不是我侠肝义胆。"沃尔特摇晃着圆圆的脑袋,"嘿,你刚才说什么?真正的麻烦?什么意思?"

奈杰尔不置可否地看着他,默不作声。

"你是指……他们怀疑她杀了老头?"沃尔特坚持发问。

"难道你没想过杀掉那个老头?"

"我?和我没关系。"他敏锐的蓝眼睛轻蔑地盯着奈杰尔,然后突然转开。

"口口声声说和自己无关,却怀疑自己的未婚妻是凶手。"

"我……"

"那就是你在逃避的原因?你怕她?"

"妈的,你疯了!"

"你想要我们相信,你已经变心了,因为一个有钱的妻子不利于你的事业?"奈杰尔看着墙上灰色的静物画,问,"这就是你的艺术?"

沃尔特说:"你走之前,我真想给你来上两拳。但我想先知道,为什么你觉得我说的观点不可信?"

"我觉得奇怪,为何你几天前才想起这句话。在瑞贝卡父亲失踪的第二天,你到处追着我问,你和瑞贝卡多久能拿到遗产。这期间发生什么了呢?"

"没啥。"沃尔特快速回应。

"好吧,让我告诉你。你开始思考皮尔斯医生的死因。你意识到瑞贝卡可以轻松下手,要么在那晚你去她房间之前,要么在你离开那儿之后。你记得那天她和父亲发生的争吵,她如何把你找来,你来了之后发现她意欲行凶。"

"不!打住!我承认,她这人有点歇斯底里。但不是……"

"你想起来,她请你来,可以作为她那晚的不在场证明。她以前晚上有没有要你去过她的房间呢？"

"碰巧没有，但是……"

"她个性狂热，情绪不稳定，有两个不喜欢父亲的原因。"

"两个原因？"

"你不知道？八年前，她父母发生过一场灾难性的争吵。之后瑞贝卡就变得歇斯底里，病了好些日子。她总认为自己要为母亲的死负责。"

"我一无所知。"沃尔特的眼睛亮了一下，表情依然冰冷得像矿物标本。他伸出手，去拿调色刀，朝木桌子佯装捅去。奈杰尔站起身，走到落地窗前：外面的花园在阴沉的二月长满杂草，堆着砖块、木头堆和生锈的家用器皿。

"我想，贝姬之所以和我交往，"他慢悠悠地说，"因为我和她平时遇见的事物不同，是一种完全不同于她家庭的生活方式。那是一种叛逆，就像露西对她父亲的叛逆一样。如果贝姬恨她父亲，如你所说，那将是一种羞辱他的办法，不是吗？"

奈杰尔没有评论他对瑞贝卡的独特解读，断然问："你和她断绝关系，是因为要临阵脱逃？"

"我没和她断绝关系。"

奈杰尔坚持问："你怕为了钱追求她，会被警察当成嫌疑人，对吗？"

"你的想法真歹毒。"沃尔特咧开嘴，模棱两可地笑。

"是有点，可这是我能想到的唯一解释。总之，你不想陷入麻烦，是吗?"

"谁会想呢?"

"许多人会的。你觉得瑞贝卡怀疑过你吗?"

"怀疑我?"

"你有动机和机会杀死她父亲。你还劝她告诉警察,她那晚独自待在房间里,难道不会引起她对你的怀疑?"

"绝对不会,她和我在恋爱啊。"沃尔特沾沾自喜地说,语调令人不适。

"所以你就端坐在不表态的小船上,眼睁睁看着瑞贝卡淹死。"

沃尔特耸耸肩,说:"我要集中精力画画。这件事发生后,画画进展得很顺利,我现在只想求一份宁静。"

"宁静?那你可得不到,得等到案子水落石出。如果你要瑞贝卡替你背黑锅,那是你的事,但你不能掩盖你们两个都是主要嫌疑人的事实。警察会讯问你到世界末日,直到发现真相。"

"该死……警察。"

奈杰尔冒险地说:"其实莎伦已经和盘托出。"

"那个泼妇!她真是什么都敢说。"沃尔特的眼睛像蓝玻璃一样,直盯着奈杰尔,"所以,她那晚待在格雷厄姆的房间里?"

"是的,她看到或听见了某些异常,能帮警察揪出凶手。"

"那她为什么没告诉警察,只告诉了你?"

"她和你很像,都从自身利益考虑,想置身事外。"

"除了年轻的格雷厄姆。如果我是你,我会牢牢盯住他。他性格就像杀手，说他是一个精神病患者，我都不会意外。"

"你认为是他杀了皮尔斯医生？"

沃尔特不安好心地看着奈杰尔："那晚，大概9点10分，我看到他上楼了。"

"那能证明他杀了自己的父亲？"

"我从贝姬房间跑出来上厕所，它的门对着楼梯口。我出来时，看见他从父亲的房间出来，走回自己房间。"

"表情恶毒？"

"是啊，脸上露着恐怖的笑容，双手还滴着血。"

奈杰尔鄙视地看着年轻画家，说："你什么时候才能成熟一点？别总像小丑那样哗众取宠。"

"我只想杀杀你的威风，伙计。我讨厌侦探，也讨厌知识分子。你竟然是两者的结合，真叫我恶心透顶。你快走吧，到别处去探听消息吧，再见。"

奈杰尔意识到，沃尔特恶魔般的暴力即将爆发。只见他的圆脸气得发白，魁梧的肩膀弓起来，发出威胁的信号。沃尔特说完，突然挥舞着调色刀，手腕向上捅向奈杰尔的脸。奈杰尔向旁边横跨一步躲开，用力抓住沃尔特的手腕，刀一下子飞落到了地上。沃尔特弯着腰，表情痛苦，把手腕插在大腿间减轻疼痛。很快，他直起身，摇晃着一只胳膊，再次扑向奈杰尔。奈杰尔伸直双臂防身，用掌根撞向沃尔特的鼻梁。随后，他呆立在地板上，一动不动。

奈杰尔说道："冷静一下，你真是棘手。可我也不是胆小的记者。"

沃尔特摇摇头，试图清醒，他看上去晕头转向，桀骜不驯。他的双手摸着低垂的头，仿佛捂着受伤流血的鼻子。但是奈杰尔感觉到，他正透过指缝，估算进攻的距离。因此，在沃尔特放下双手的瞬间，准备猛踢奈杰尔腰部时，奈杰尔已经躲闪到左后方。他抓住沃尔特的靴子，扭住他的脚，将对手掀翻在地。沃尔特的脑袋撞在油布上，发出沉闷的声响。奈杰尔捡起调色刀，靠着墙边的椅子坐了下来（就是刚才的裸体模特路易莎坐的那把）。

"没完没了。"奈杰尔恢复了温和的声音。他眼神迷离，用手背擦去脸上的血迹，"没有自控力的人去追求不可能的事。"

沃尔特也在地上坐直了身体，迷惑不解地说："谁会想到现在这局面？听着，如果你想和我握手言和，你……"

"别再吹牛了，我现在只希望对你做一件事。"

"什么？"沃尔特挣扎着站起身。

"我要转身踢爆你的肝，或者你宁愿用这东西？"奈杰尔拿起调色刀递给他。

沃尔特盯着他看了一会儿，将刀子扔到了桌子上，咧嘴笑道："我还是留着它画画吧，你真是一个卑鄙的拳击手。"

"谢谢你的鼓励。"

"哪天我要和你再比高下，咱们找找合适的时间。"

"你这好斗的杂种。为什么不去和瑞贝卡谈谈？"

"谈什么，买结婚钻戒？"

"那是你的事，我管不着。当然，如果你已经不爱她了……"

"究竟谁告诉你我不爱她了？"沃尔特挑衅地打断。

赖特警官看上去筋疲力尽，眼神像深不可测的洞穴。他弯着身子坐在克莱尔的工作室里，双手无力，垂在椅子扶手上（通常他的手没那么安分，总会用手势配合讲话）。甚至连奈杰尔绘声绘色地描述着和沃尔特那天下午的打斗，他都提不起精神。

克莱尔主动说："听起来沃尔特也不是凶手。"

"是啊。"奈杰尔说，"他就是一个脾气失控的恶魔，会无缘由地忽然发怒，像正在加热的牛奶突然沸腾溢出锅子。也许因为他有威尔士血统？他这种人，做不到有预谋地杀人，更别说用剃刀精准割开皮尔斯医生的手腕了。"

"可他用调色刀捅你了。"赖特说。

"他控制不住自己，是我先挑衅他的。"

"他本来会被皮尔斯医生激怒。当他发现兰德龙小姐在父母争吵后处于歇斯底里状态时，他勃然大怒……"

"那不代表什么，他没有那份侠肝义胆。他只会拍拍她的屁股，说，'振作起来亲爱的，迟早会水落石出的'。"

"他痛打记者后才说那话的吗？"

"是的。"

赖特叹了一口气，伸手去拿威士忌，倒了满满一杯，闭上眼睛："我们一无所获，毫无进展。都有完美动机，都有绝佳机会。有人有蹩脚的不在场证明。但没有一个人有充分证据可以定罪。甚至连他们的谎言，似乎也能互相揭穿。"

克莱尔给他又倒满一杯酒，说出了自己的疑问："没人听见落水声，这件事很怪。夜深人静，没有船只往来，只有一辆汽车……"

"一辆汽车？"

"将尸体运到河边抛尸的汽车。只有三条路方便抛尸，每条路尽头附近都住有人家。"克莱尔说，"凶手极有可能用了一辆汽车，选了那三条路之一。在那样的雾夜，他也不会把车开很远。"

"兰德龙家的汽车已经反复检查过。我们采集了灰尘样本，也检查了垫子和内饰。"

"包括皮尔斯医生的汽车？"

"当然，在前排副驾驶座位有一两根头发。"

"副驾驶座位？"

"是，好像格雷厄姆·兰德龙经常担任他的司机。"

在工作室来回踱步的奈杰尔停了下来，他朝警官含蓄地看了一眼，说："我认为克莱尔说的有道理。肯定会有人听见落水声，那些住特拉法加酒馆附近的某个人。"

"我们已经询问了那里的每一个住户，尤其是那些有可能听见动静的住户，他们住在靠近河岸的公寓，开着收音机。"

"真糟糕。"奈杰尔心不在焉地说，"我们就按这个不言自喻的推论走吧，也就是说，他们大约在晚上11点，听见了落水声。那么我们就可以解开这个僵局了。"

赖特看上去来了点精神，他看了一眼克莱尔，说："那人在想什么？"

"肯定是一些龌龊的事。"

奈杰尔说道："还不够……只是在联想……那个裸体的女孩叫什么来着？'露西'，不，是'克娄巴特拉'，有条驳船就叫这个名字。"他猛地朝赖特转过身，"驳船！哈罗德的破船。我们多傻！那儿就是藏日记的地方！我们为什么没有……"

"老兄，别自言自语了，我昨天下午已经叫两个手下搜查了那条驳船。"

"你已经查完了？"奈杰尔看上去有些不安，"没人和我说过。"

"里面满是淤泥、老鼠和腐烂的木头，别无他物。我希望你别再惦记着那本日记了。留着对凶手一点好处都没有，他可能早就一把火烧掉了。"

"先别推测是凶手撕掉了那些日记页码。"

三个人默不作声地坐了一会儿。最终，克莱尔用细细的声音打破了沉默，她略带童音的嗓子，会让不了解她的人以为她心智也不成熟。"有一句话在我脑海里挥之不去，'他把它 tape 下来了'，那句话里的 tape 到底是什么意思？"

奈杰尔对克莱尔随口一说的话进行了认真思考："我想想，测量、拳击手的指节、电报纸条、录音带、小学生内衣上的姓名带。"[1]他的嘴巴慢慢张开，"是录音带！也许哈罗德利用它为自己制造了不在场

---

[1] 这些词汇分别对应"tape"一词在不同情境下的不同含义。

证明。他在客厅的电话附近放了一个录音机,以防他外出时有人打电话来或者按门铃。他先是冲到克罗姆山,杀死父亲,回家后,他回放录音带,听到了电话铃声。他很容易确定电话铃响的时间……等一下,那时距离他打开机器离开家,已经过了不少时间。一卷录音带能播放多长时间?"

"半个小时。"赖特一本正经地说道。

"你确定?"

"应该……我确定。我让下属反复播放过哈罗德家中的录音带。"奈杰尔低下头。克莱尔朝赖特微笑。

"亲爱的警官,我最喜欢你了。但是,有时你又是世界上最令人生气的人。"

"他应该已经破坏了那卷录音带。"奈杰尔说,"只把声音抹掉也行。"

"是的,他确实会那样做。这样一来我们又回到了起点。顺便一提,我已经联系上那个给哈罗德家打长途电话的家伙了,以防哈罗德为了不在场证明和他串供。他说,哈罗德没要求他那样做。听着很真诚,不像在撒谎。"

奈杰尔拿起一把克莱尔的凿子,盯住它,说:"如果我们操之过急,你就没办法解开这个案子了。我认为是时候弄点动静了。"

已经有人在悄悄制造动静了。当奈杰尔、赖特警官和克莱尔聊天时,哈罗德·兰德龙家的电话铃声响了。哈罗德出去和一位生意伙伴吃饭去了。莎伦拿起听筒,问:"谁啊?没想到……"

"听着,我要见你。"

"但是……"

"警察又要来找我了。晚饭后我已经再次被讯问过了,这事儿什么时候才能完? 11点半比较安全,到时候我偷偷溜出来,在拉塞尔街尽头等你。"

"为什么不来这里,为什么要我出去?"

"我当面给你解释。"

"难道你现在不能说?"

"电话里讲不明智,亲爱的。别告诉任何人。记住了,别告诉任何人。再见……"

11点半,莎伦从家里走了出来。她穿得严严实实,上身穿一件起绒粗呢外套,戴着头巾。东风渐停,空气依然寒冷刺骨。莎伦打了一个激灵,马上感受到了寒意和一丝惊恐。一部分令她打激灵的原因还是为了追求刺激,奈杰尔是正确的,他曾经说过,她愿意为了寻求刺激而不顾一切。

她悄悄地打开墙上的大门,朝四下张望了一下。卡蒂萨克酒馆外面的街灯投下黄褐色灯光,照在布拉斯特码头区域。她可以听见河水拍打岸墙的声音,其他都万籁俱寂。

卡蒂萨克酒馆和沿街房屋的窗户都是黑漆漆的。在这漆黑的夜,莎伦可以借助夜色,看清码头边高过铁皮屋顶的废旧钢铁三角架。

"为什么我们要住在这个被上帝抛弃的贫民窟里?"她暴躁地嘟囔着,穿着平跟鞋,急匆匆地走过公共房屋前的鹅卵石小道。一只猫受到了惊吓,像团影子一样急速掠过。

在拐角,她望见废铁场院墙外阴影处站着的人影。这就是她要见的人吗?那个人影竖起一根手指,放在唇边,手指看上去粗大得不同寻常,莎伦一度以为对方在玩光影游戏。直到走近,她才看清楚,那只手上戴着一只结实的长手套。

"为什么神神秘秘的?"她小声问。她抬头看着那张曾经熟悉的脸,现在却恍然如同陌生人一般。

"嘘!我可能被盯梢了。跟我走,我不敢进到房子里。"

莎伦几乎听不见那个人在说什么。她又哆嗦了一下,让对方挎住自己的胳膊,朝着废钢堆和码头间的小巷口走去。码头上,这些废钢正在被装运到船上。在她右边,一架起重机站在黑夜里,散发出不祥之兆。一艘船在下游拉响沉闷的汽笛。

莎伦再次迸发出寻找刺激的欲望。这场约会的气氛和她紧张的同伴刺激到了她的神经。她紧紧抓住贴近她身体的那只胳膊,摸索那只戴着长手套的手。

在这个窄巷的半道,波纹铁皮墙高过两个人的头顶,她的同伴停住了,走到她身后。她听见粗重的呼吸声。他的胳膊搂住她,双手捂着她的乳房。她靠在他身上,享受地颤抖起来。她静静地等待着。然后,那双手慌乱不堪、迅速挪动。莎伦脸朝下被摔在地上,喉咙忽然被死死勒住。

莎伦的身体猛地抽搐起来。但是,她怎么也甩不掉压在背上的重负和顶在上面的膝盖。裹住她脖子的那条丝袜越拉越紧,让她喊不出话来，她的尖叫全变成了呜咽和沙哑的喘气。最终，对方花了好些时间才勒死她。她还没死透的时候，杀手听见了脚步声。脚步声淹没在他们的挣扎中，朝巷子尽头走去。

那是一个荷兰水手，在一家酒馆喝得烂醉，随后去别人家里畅饮，正要回到罗威尔码头停泊的船上去。

凶手拖着受害人的双脚，背靠着波纹铁皮墙，扶着她，双膝下垂，用自己的后背挡着路过的水手，好让他看不见。如果后者有所察觉的话，会把他们当做一对搂在一起的恋人。

这位水手开始唱起歌来，在这漆黑狭窄的巷子里迂回穿行，像一个弹球台上的小球从这面墙弹跳到另一面墙上。他在离两个默不作声的人几码远的地方，撞到了墙上，又被弹了回来，骂骂咧咧地从他们身边蹒跚走过，又唱起歌来了。到了布拉斯特码头，这个人醉醺醺地朝左一转，摔倒在一根将马路和人行道分开的低垂的铁链上，脸朝下结结实实地摔了个嘴啃泥。这次意外令他头脑更加迷糊起来：当他再次站起身的时候，他径直走向岸墙低矮的栏杆，身体一绊，摔了下去。

幸运的是，不是涨潮时间。他被凉水一激，变得清醒了，挣扎着走上台阶。他的嚷嚷声和咒骂声，加上落水声，让许多屋子里的人伸出头来。有人从家里跑出来，帮这位水手走上了岸。

闹剧终结，凶手打开波纹铁皮墙上的一扇门，把受害人（现在已经死了）放在一堆废铁里，正大光明地朝水手走来的方向走去。

第十二章

长筒丝袜

站在摆放粉碎机的院子里，奈杰尔·斯特雷奇威看着这个凄凉的场面。一阵冷得刺骨的小雨下起来，因为附近发电厂烟囱的煤灰，雨滴全是黑乎乎的。成堆的废旧钢铁和三角架堆在高出他头顶的地方。锈迹斑斑的人类文明废弃物：锅炉、自行车、氧气瓶、成卷的带刺铁丝网、油桶、婴儿推车、汽车引擎、水槽、齿轮、水管、铁锅和水壶、机械装置等等……像被龙卷风卷起又挤压在一起。环氧乙炔的炉子用来粉碎那些大块缠绕成团的组件，今天也哑火了。今天第一批到达堆场的人发现了尸体。很快警察就到位了，拍照的、测量的、在铁块堆里寻找线索的，都忙作一团。奈杰尔的眼睛无精打采地看着。最终，他强迫自己看着地上一块被放在那里的"废料"，上面盖着油布。赖特警长、他的警官和堆场的工头都站在边上。奈杰尔看到赖特用力地挥舞着手臂，他似乎又焕发了活力。昨天晚上，他还抱怨缺乏新证据，现在他得到了。祝他好运。

奈杰尔走过去，扯开油布。他的目光先看见一双纤细的脚，其中一只鞋不见了。上身穿的起绒粗呢的外套已经被雨淋湿透了。脖子上有一只丝袜缠着，大概在脖子后面还打了结。他想，莎伦的面容应该会很吓人。果然，视线上移，奈杰尔看到她瞪着双眼，带着死亡的残忍和冷漠。莎伦对社会没有什么贡献可言：衣着光鲜、高谈阔论、自私自利、追求刺激。这都让奈杰尔感到不舒服。他重新用油布盖住她瞪大的双眼和洁白的牙齿。现在是8点45分，半小时前，赖特的电话把他从被窝里拖了起来。

赖特既同情又兴奋地看了奈杰尔一眼，他说："这不是沉思的时候。"然后他将朋友拉到一边，自己靠在一个生锈的水箱边上，从那里打量着那些干活的手下，同时急速地和奈杰尔说着案情："他们8点钟发现了她。那个庸医说，她已经死了有七到十个小时了。验尸官说的时间更近一些。她是被勒死的，你也看到了。案发现场可能是在外面的巷子里：那里有扭打和被拖拽到这里的痕迹。一只鞋就在这个院子里找到的。死者脸部青肿肮脏，意味着她是脸朝下被摔倒的，从后边被勒死，死状狼狈。没发现强奸和抢劫的痕迹，包和皮夹都在家里。里德警官已经告知了她的丈夫。哈罗德现在心情很差，詹姆士正在陪他，会带他去克罗姆山。哈罗德说他和一位生意伙伴出去吃饭，半夜才回到家。他没去打扰妻子，因为他们分房间睡觉，他直接上床睡觉了。没发现他身上有淤伤和抓痕。怎么啦，辛普森？"

此时，一位便衣警察急匆匆过来汇报。几位住在布拉斯特大街的居民和他说了昨夜醉酒水手的那段插曲。那是目前为止收到的唯一线索。辛普森指着荷兰船只停靠的方向。

"好吧，叫停那艘船，伙计。"赖特叫道，"还愣着干吗？"

"都控制住了，长官。刘易斯已经在船上了，他会截停那艘船。"

赖特朝手下点点头，微微笑了一下，和奈杰尔说道："你信吗？我要立刻讯问他。"

在交代了警官几句之后，赖特解开了莎伦脖子上的丝袜，递给了他。当他们走去罗威尔码头时，他说："里德会找出那只失踪的丝袜，在死者身上或者在兰德龙小姐家里。如果凶手有点判断力，他会销毁另一只丝袜的。"

几分钟后，他们登上了那艘荷兰籍柴油机船。这是一种常见的由家族操控的船只。他们由政府资助购买，然后分期还贷。他们把船当作流动的家。船主在船舱里接待了他们，里面干净整洁，锃光瓦亮，一丝不苟，是真正的荷兰船只的内舱。桌上摆放着花盆，窗户上挂着鲜艳的窗帘。里面闻起来混合着咖啡、雪茄和家具油漆的味道。船主丰满的妻子在安静地织毛衣，两个健壮的孩子刚刚吃完早饭。船主会说一点点英语，但他的弟弟，也是他的大副，英语讲得很棒。在一番介绍和寒暄后，船主的妻子支开了孩子。扬，她的外甥，也就是昨晚醉酒的水手被叫来了。他是一个高大笨拙的年轻人，刚从宿醉中清醒。在赖特看来，他并没有良心不安。

大副做翻译，扬尽可能描述起昨晚的情况。他记得最后一次去了谁家，这可以得到验证。那之后的行动，他只能隐约回忆起来。赖特只能用巧妙的措辞提问。扬确切记得回船的路上没有见到女人。他断言，从没和女人厮混饮酒。要么饮酒，要么和女人厮混，不可能两者兼顾。他记得自己脸朝下，绊倒在铁链上。那也说明他的额头为什么是淤青的。后来他掉进了泰晤士河。第一次摔跤擦伤了手掌，但是手背和手腕都没有抓痕。那样的抓痕只有拼命挣扎掰开勒紧脖子上绳结的女人才会干得出来。

当扬穿过堆场外面的小巷时，就在他被铁链绊倒之前，有没有见到或听到什么异常情况呢？

回答是没有。

"什么异常情况都没有吗？"奈杰尔插话，他很了解荷兰人不会夸张的性格。

扬通过翻译告诉他们，他看见一对夫妻在小巷里，也可能是一对情侣。当时很暗，他差点撞到他们。

警察接着问扬，能否描述一下他们在做什么，扬脸红了，结结巴巴讲出了几个字。

"他说他不喜欢靠近看人家。他不是一个……用你们的话怎么说？"

"不是一个偷窥狂？"奈杰尔主动说道。

"是的，就是这样。"

"告诉他，回忆起这些很重要，任何有关这对男女的印象。"赖特急迫地说。

对方回答："我外甥说，那个男的背对着他。中等身材，看上去正在扶那个女的。我外甥觉得那个女的或许喝醉了。"

"告诉他，我们非常感激……"

"等等。"奈杰尔插话，"他确定扶着女子靠墙站的是一个男人？"

这个问题令扬深感意外，他害羞得连金发发根都羞红了。

翻译的人说："他说，肯定是一个男的。他们是一对拥抱的恋人。"

"但那时很暗，他也不能发誓说那不是女扮男装。"

扬说他不能说得那么绝对，但他相信自己的判断力。

在船主的允许下，赖特叫扬脱去裤子。一个被从后面勒住脖子的女人会往身后使劲踢腾的。他的一只膝盖上有擦痕，另一只膝盖上有淤伤。当赖特叫他拿来昨晚穿的那条裤子时，上面的泥土和破洞正好印证他膝盖上的伤痕。莎伦的平底鞋可没法扯破裤子。

赖特上岸后说："再问下去就是浪费时间。"

"你对扬满意吗？"

"是的，我已经叫里德在船上搜查有没有丝袜了。不知警察会不会叫你袖手旁观。"

"现在该干什么了？"

"去讯问兰德龙家人，看看他们昨晚都干什么了。"

"你认为这和皮尔斯医生之死有关系吗？"

"我敢肯定有关系。没有抢劫,没有强奸。"

他们默不作声地走了半分钟。

奈杰尔开口问:"但是凶手为什么要她闭嘴呢?我确信,上次莎伦把她所知道的一切都告诉了我。兰德龙家人也知道,至少会假定,她会全部告诉我。为什么她还会被灭口?"

"可能有两个原因,"赖特马上答道,"她没有'全部'告诉你,肯定还有一些她没意识到的重要信息没告诉你,或者……"

"别说了,那也是我想到的。也许她被灭口,是因为告诉了我太多消息,凶手纯粹是为了泄愤而杀掉她。"

"是的。但那不符合凶手目前的行动,冷酷有计划地谋杀皮尔斯医生,然后稳坐不动,让我们忙得团团转。"

他们走到波纹铁皮巷道的入口,一辆警车在拉塞尔大街的左手停着。他们走进去的时候,奈杰尔说:"为什么这个巷子里这么暗?难道那里没有路灯?还是因为酒精模糊了扬的双眼?"

"在巷子两头都有水泥路灯杆,上面的灯泡都被打碎了,也可能是凶手所为。卡蒂萨克酒馆关门的时候,路灯还亮着。"

"那证明是有预谋的犯罪。我在想,凶手是如何把她从家里叫到巷子里的?"

"打电话?无论如何,肯定是她很熟悉的人,一个信得过的人。"

当汽车到达克罗姆山6号,奈杰尔说要回家一趟,令他的朋友深感意外。他想吃早饭,他需要思考,这个过程空腹可不行。

"你晚些时候告诉我兰德龙家人的不在场证明,你拘捕了谁。"奈杰尔说,"你去讯问,我很放心。"

"你这样说,我真是觉得太好了。"赖特同样讽刺地答道。

半小时后,奈杰尔推开空盘子,拿起第四杯咖啡。当他闷头吃饭时,克莱尔在读报纸,这时她抬起头来看着他,说:"你感觉这件事很糟。"

"是的。"

"你又不能阻止它发生,是吧?"克莱尔继续说道。

"我如果早点知道就好了。"

"你喜欢莎伦?"

"有一点吧。很难去讨厌一个美女,谁会讨厌呢?她几次想引诱我跟她上床。"

"她成功了吗?"克莱尔平心静气地问道。

"还没有。"

"那你是不够喜欢她吧?"

"也许不是,她总在不方便的时候问我。"

克莱尔大笑起来。当她停住笑声,奈杰尔说:"我一直惦记着丝袜的事。可怜的莎伦,那晚在皮尔斯医生浴室下面的污水管边弄湿了她的丝袜。之后,她又被一只丝袜勒死了。难道是一种巧合?"

"正义有时就是通过巧合实现的,他们称之为理想的赏罚。"

奈杰尔迷糊地看着她,脸上逐渐开心起来:"理想的赏罚?你说到点子上了。"他嘀咕道,"有道理。现在,我得上楼思考一下。"

他思考了一整个上午,午饭前,脑海里浮现出一个方案:一套几乎完整的方案,只缺关键一环。缺了它,方案只是一个可行建议而已。有人告诉他某件事情,给了他这个关键一环,可以串联起整桩事。他隐约觉得,他要寻找的秘密就快浮现了。

穿上雨衣,奈杰尔走进大雨中。一辆卡车在山上爬坡,车身写着"动物下水处理者"几个大字。他穿过公园,加快步伐,经过伍尔夫纪念馆,横穿过足球场,走过长满幼松的花园,沿着和迷宫山平行的小路走下去。他绕着公园外围走了两圈,上山一次,下山一次。他的脑子里回想着和这个案子有关人物的交谈,冰冷的雨水打在他的身上。

走到第三圈时,他改变了线路。他走到池塘边,站在玉兰树、茶树和水塘之间,看着鸭子。"不,不是这里。"他听见自己闷闷不乐地和一只野鸭子在讲话,仿佛它辜负了他。他继续朝前走,走了十来步,突然停住了。他想出来了,一字不差地熟记了方案。

奈杰尔大步走回家,脱掉衣服,上床睡觉,感觉身心俱疲。

9点钟,赖特来了。他把一大沓打字文件扔给奈杰尔。奈杰尔迅速浏览着那些文件。克莱尔做了火腿煎蛋卷,配上碎土豆,警长吃了。奈杰尔好像是阿拉伯的劳伦斯,以极快的速度从书中提炼出要点。赖特给他的打字稿有许多页,是和嫌疑人逐字逐句的讯问记录。在警长喝完第二杯浓咖啡前,他已经大致掌握了其中的梗概。

"这些给你啥印象?"警长问。

"这些不在场证明有些特殊。五个人中,有四个人的说辞和皮尔斯医生死亡那晚的不在场证明一模一样。"

"是的。"

"沃尔特·巴恩真的接受我的建议了。"

根据他们给赖特提供的证据，沃尔特在晚饭后骑自行车来到克罗姆山6号，和瑞贝卡在房间里待到11点后。这次，他们没有一直在听唱片。他们进行了坦诚的交谈，最终对他们的未来感到满意。沃尔特来时，詹姆士·兰德龙在客厅见了他，走时，也听见了瑞贝卡在门口和他说再见。但是，没证据表明沃尔特和瑞贝卡在这两个半小时里一直待在房间里。

讨论时，赖特说："关键时间是10点半之后，当时，卡蒂萨克酒馆已经关门。也可能更晚一点。我们有证人听见砸玻璃的声音，当时认为是流氓所为，大约在11点15分。"

"也许是凶手打碎了小巷两头的路灯？顺便问一下，他是如何做到的？带着锤子爬上水泥路灯杆子吗？"

"不是，摆放粉碎机院子的门锁是被强行撬开的。我认为是凶手干的，然后握着一根长长的金属脚手架杆子——院子里有十几根扔在地上，够着灯泡，再将它们打碎。"

"你确信？沃尔特·巴恩在离开克罗姆山后，只有十分钟可以到那里干这些事。时间不够。"

"或许不是步行去的，记得吗，他有自行车。"

"瑞贝卡也有。"

"奈杰尔，你不能怀疑她吧？"克莱尔说，"至少这次不用。"

"为什么不？"

"如果她或沃尔特在11点15分后杀了莎伦，他们肯定能互相给到更长时间的不在场证明。"

"当然是好主意。"赖特说,"问题在于,我们没办法证明,巴恩走后她就直接上床睡觉了,或者说巴恩直接骑车回家了——他家人都没听见他回家。"

"格雷厄姆·兰德龙怎么样?"克莱尔问。

格雷厄姆的说法是,他在和瑞贝卡和詹姆士吃完饭后,上楼回屋看了一会儿书,听了一会儿收音机,在11点上床睡觉了。

"简洁明了。"奈杰尔评论道,"和上次一样,除了没和莎伦在一起。"

克莱尔打了一个哆嗦,感到难过。她还没习惯奈杰尔偶尔无情的评论,尽管她知道那是出于他的愤怒,不是麻木不仁。

"你问他看了什么书,听了什么节目了吗?"奈杰尔问。

"当然,他毫不费力就答上来了。凶手直到11点才开始动手,如果格雷厄姆是我们要找的人,我们迟早会找到一个人,看见他不管从前门还是后门离开家,走到犯罪现场的。但那通电话证明他是清白的。"

"有人可以给我解释一下吗?"克莱尔问。

"这次不是接生的问题了。詹姆士医生说,11点10分,他刚要上床睡觉,接到了一个紧急电话。打电话的人有低沉的声音,詹姆士不知道对方是谁。对方说他母亲发高烧,他们的家庭医生不在。然后对方给了一个东格林尼治的地址,告诉詹姆士,地址在伍尔维奇路和泰晤士河之间的一条街,然后就挂断了电话。詹姆士开车,五分钟就到达了上述街区。他四处张望,很快找到了那条街道,但根本没有打电话人说的门牌号码。詹姆士认为这是一场恶作剧,他转身开车回家了。大概 11 点 40 分，他回到了家。因此，如果我们的荷兰朋友是在 11 点半看见凶手和被害人，詹姆士医生至少在这关键节点就在案发现场附近。他可以在 11 点 15 分去打碎路灯，再回到小巷……"

"我不明白，格雷厄姆为何是清白的？"克莱尔插话道。

"他听见医生开车出去，那时大约在 11 点 10 分。所以他不可能在 11 点 15 分打碎路灯。"

"他也有可能在早上听说他哥哥外出过。"克莱尔不同意。

"不，詹姆士医生说，在我们讯问之前，他没和家里任何人提过电话的事。"

"这可以说明格雷厄姆是清白的。"奈杰尔慢悠悠地说，"除非是他自己打的电话。"

"的确如此，让我们忘记这不可能是局外人设的骗局。要么是詹姆士假装接到电话，作为借口开车出去，开到东格林尼治——因为家里没有人听见电话铃声。不过，电话在书房里，如果他们都在楼上的房间，确实听不见。要么是凶手从公共电话亭打来的电话。"

"凶手会是格雷厄姆还是沃尔特？"

"或是哈罗德·兰德龙。我们马上去找他。凶手的电话将詹姆士牵连其中。如果没有电话，那说明詹姆士在撒谎，他就是凶手。"

"那肯定是最愚蠢的不在场证明。"奈杰尔说。

"是的，还有他说的长手套。录完口供之后，我们发现那些长手套被塞进诊所的一个上锁的橱柜里了。背面有一些擦痕，痕迹很像一个妇女的指甲抓挠戴手套人的手背留下的。抓痕新鲜。"

"詹姆士怎么解释？"

"他说他昨晚外出时，手套不在平常他放的边桌上。他坦承迷惑不解，手套怎么就跑到诊所橱柜里去了。他也不确定上次什么时候用过或见过手套，可能要好几天之前了。"

"要么他再次撒谎，要么是另有圈套，将他卷入了谋杀。"

"如果是他杀了莎伦，他肯定会将手套扔进河里去。"克莱尔说，"将它们藏在自己的诊所是自找麻烦。"

"凶手也会做最愚蠢的事。"

"那我们就猜是哈罗德干的。"

哈罗德·兰德龙的证据也有一点不合逻辑。赖特看见他因妻子去世而伤心和震惊（或者是悔恨？），没再过多追问。哈罗德和生意伙伴在撒沃尔饭店吃饭，晚上10点45分才离开饭店。他的朋友可以证实。

"我记得他此前告诉里德警官，说他半夜才到家？"奈杰尔一针见血地说，"饭店到家，只要二三十分钟就足够了。"

"正是这样。我也追问了此事，他说他在饭桌上喝醉了，在开车回家路上很快意识到自己不在开车状态，就把车停在一条偏僻街道里，等自己清醒起来。"

"什么街道？"

"他不知道，说是某个街道的拐弯处。如果有假，这真是一个巧妙又简单的捏造。"

"他很容易就能拿到他哥哥的长手套。但他如何在那个时间，把他从家里骗出来呢？"奈杰尔短暂沉默后说，"我不明白，莎伦会同意和他在废铁场里来一个浪漫散步。对了，勒死莎伦的是她自己的丝袜吗？"

"不，是瑞贝卡的。"赖特答道。

"瑞贝卡的？"克莱尔张口结舌。

"确切说来，是瑞贝卡母亲的。她抽屉里都是她母亲的遗物。是一只老式丝袜，很结实，不是尼龙袜。我们在她抽屉发现了另一只，还有几卷卷好的丝袜。"

"瑞贝卡对你们的发现作何反应？"

"有点慌乱。一开始她说，不知道一只丝袜不见了。然后她换了口气说，她想起来她几年前穿的时候不小心扯破，已经扔掉了。"

"漫不经心地对待母亲的遗物。"奈杰尔说。

"我不相信，她说不知道一只丝袜失踪是在撒谎。"

"你讯问之前，她知道莎伦是被丝袜勒死的吗？"

"知道。詹姆士在和我打电话时就和家人说了此事，尽管我再三要求他不要那样做。"

"你的嫌疑人，不管他是谁，似乎都在随意留下疑点。"克莱尔说，"他要暗示詹姆士和瑞贝卡有罪，这难道不奇怪吗？"

"你不在那里真可惜。"赖特清晰地说，"我告诉过你，兰德龙小姐很慌乱。她的哥哥看上去遭到了沉重打击，莎伦的死对哈罗德来说影响更大。我只是猜一下，我感觉他俩隐藏了另一个焦虑。"

"哈罗德会杀了莎伦吗？"

"他有很强的动机。他宠溺老婆，可她并不忠诚。如果詹姆士或瑞贝卡不是凶手,那他们出于对哈罗德的恐惧,便向我出卖了荷兰水手说的情况。"

克莱尔从椅子上站起来:"他们怎么知道荷兰水手的情况?"

"是格雷厄姆说的,你别急着下结论。他哥哥去找哈罗德时,他陪着一起去的。詹姆士似乎给哈罗德吃了一些镇静剂,格雷厄姆自告奋勇去打探消息,他去了布拉斯特码头,向一些妇女打听——她们当时正入神地谈论着家门口发生的谋杀案。她们告诉了格雷厄姆荷兰水手的事。"

"但他并没有告诉你这个消息。"奈杰尔说,一边敲着成沓的文稿。

"没有,他说在忙哈罗德的事。他本身就是不太合作的人。"

奈杰尔若有所思地看着他的鼻子:"你说对了。他突然变得极其合作,主动陪詹姆士去哈罗德家。这不符合他的个性啊?"

"去看案发现场,也许为了满足病态的好奇心。"

"也可能是重回案发现场。"奈杰尔说。

大家沉默不语。奈杰尔说:"莎伦告诉我,如果'他们'发现她说起过格雷厄姆贩毒的事,她很怕'他们'会做出什么事来。要记住,这是一个可能的犯罪理由。除了可能身在公海的阿卜杜尔以外,'他们'究竟指谁?"

"禁毒小组还没挖出这里分布广泛的贩毒组织。他们认为,格雷厄姆只能拿到小包的毒品,再由他分发给一些老主顾。"

"所以格雷厄姆没有向我隐瞒他参与贩毒的事。另外,如果他的确有同伙……"

"他们不会那么极端。"赖特断言道,"或许会骗骗她,但犯不着杀了她。相信我,我很了解那种犯罪。"

"我相信你,但我有一个有趣的想法:格雷厄姆的一个同伙杀了这个可怜的女人,格雷厄姆却在家里稳如泰山,将疑点栽赃到瑞贝卡和詹姆士身上。"

克莱尔漂亮的眼睛看上去迷惑不解:"此案涉及到两个没有道德感的人,真令人费解。"

"另一个是沃尔特·巴恩?"

"是啊,这两个人都擅长编织谎言,怎么隐藏詹姆士的长手套、怎么处理皮尔斯医生的日记。他们在道德层面是还没长大的'孩子',喜欢把事情搞乱。尤其是格雷厄姆,总把奈杰尔引上花园岔路,把他绕晕。"

"你可能是对的。"警长评论道,但语气犹疑。

克莱尔说:"在刑事案件中,撒谎可能存在两种动机:要么隐藏自己和犯罪的关联,要么是在保护某人。对爱玩恶作剧的人又怎么说呢?那个故意从中作梗、只是想看看会发生什么的'孩子'?"

第十三章

古罗马大道

克莱尔的说法很快得到了验证。赖特刚走半小时,奈杰尔和克莱尔靠着舒适的炉子正在看书,门铃响了。

格雷厄姆·兰德龙站在外面。

"真意外。"克莱尔语气平静地说。奈杰尔把他引进屋里。

"但愿我没打搅到你们,马辛格小姐?我没想到你们会工作到这么晚。"

奈杰尔觉得,格雷厄姆平和的话语就像伦敦西区三流喜剧的开场白,他的面容也沾上了几分主角的气息。

"我早就想来和你们夫妇谈谈了。"格雷厄姆说。

"谈吧。"克莱尔直爽地说。

亲爱的,奈杰尔心里想,对话已经跑偏了。

"给他端点喝的,亲爱的。"克莱尔继续说。

奈杰尔给他倒了一杯阿马尼亚克酒。

"莎伦的事真是骇人听闻。"格雷厄姆说,双手轻轻摇晃着杯里的阿马尼亚克酒。

"你喜欢她吗?"克莱尔问道。

格雷厄姆的眼睛盯着她,带着一丝直率和悔意,说:"谈不上喜欢。我们曾经是情人,一次露水情缘,你知道的,对吧?她是如此活力四射,我都无法相信……我甚至觉得我要为此负点责任。"

"为她的死?为什么?"奈杰尔试图在语气中加入怜悯,如果格雷厄姆喋喋不休,那就不要给他泼冷水。

那张灵巧的嘴上下翻飞,仿佛要说出能站住脚的话:"不知道为什么,我只是说出自己的感觉。如果没有这件事……"

"一种愧疚感?"克莱尔插话。

格雷厄姆嘟囔着一些语无伦次的话。

"你担心是哈罗德杀了她,为了惩罚她的不忠?"克莱尔继续问。这么问显然有些太着急了,奈杰尔向她投去具有警告意味的眼神。

"肯定不是哈罗德。"格雷厄姆费力搪塞道,"她也不是第一次……不管怎么说,那个荷兰水手难道不是头号嫌疑人吗?"

"莎伦既没有被抢劫,也没有被强奸。她被杀的时候,那个水手凑巧经过了那里。"

"被他发现了？"格雷厄姆惊恐地问。

奈杰尔告诉他,扬说自己经过的时候,那对男女看上去像情侣。"扬对警方很有用,他可以认出他见过的人。"

"哦。"格雷厄姆有些颓然,"当时很暗吧？那家伙烂醉如泥,都直接掉到河里去了。是附近居民告诉我的。"

"的确如此。但一个人醉酒之后,也可以回忆起一些事情的,一些当时他并没有特意去记住的事。"

"可以推测他看见的男女就是莎伦和……"

"是啊,可我们还没证据。你还要一些阿马尼亚克酒吗？"

"谢谢你。"格雷厄姆稳稳地伸出手里端着的玻璃杯,"我需要这东西,好让我有勇气去坦白。"

奈杰尔和克莱尔都没有评论。

"告诉我，"格雷厄姆少见地笑了一下,显得魅力十足,"先告诉我,莎伦的死和我父亲的死是否有关联？"

"一定有。"

"很好,那你最好看看这个东西。"

格雷厄姆直起身,靠着壁炉架子,从皮夹里拿出一张叠好的纸。

奈杰尔打开,是份手写稿,上面有七行字。顶上第一行有些被烧焦了。这份手稿要么是伪造的,要么就是皮尔斯医生的。

……我要先发制人。如果我在谋杀发生之前死去（为什么我之前没想到），那么一切迎刃而解。他不用变成杀人凶手就可以伸张正义。古罗马人拔剑自刎来摆脱麻烦，可我没有剑。就算我有，我这么单薄，也会被剑锋弹回来。那么就用佩特罗尼乌斯那样的享乐主义方法吧，安乐死。是的，这就是答案。

"你在哪儿找到的？"奈杰尔把烧焦的手稿递给克莱尔。

"在诊所。旧病例册上有几页空白的纸，我父亲用来写日记。"

"你什么时候发现的？"

"他失踪的那个早上。"

"你找到的是病例册，还是就这几张纸？"

"哦，是病例册。"

"你特意去找的吧？"

"当然，"格雷厄姆有点兴奋地答，"那晚你来赴宴，他就提过日记。他失踪后，我觉得日记会告诉我们原因。我拼命思索他会把日记藏在哪里。只试了一次就找到了：我用钥匙打开橱柜，找到了病例册。"

"你看完所有的病例册，最后才找到这本？"

"不是。"格雷厄姆说，"我自有妙计，很快就找到了这本。"

"然后你就撕下他写的日记，烧了它们，只留下这一张？"

"没有，我藏了好几天，直到父亲的遗体被找到。我知道警察会穷追不舍，我就烧掉了他的日记。"

"为什么留下这一张呢？"

格雷厄姆表情悔恨地说："一开始，我打算全部烧掉，我用火柴点燃了最后一页。但我突然意识到这些文字多么重要。等火苗升上来，我就扑灭了火焰。"

沉默了很久。格雷厄姆坐下来，喝了一大口酒。他身体发抖，仿佛在释放紧张。

"我明白。"奈杰尔终于开口了。他已经等不及要问最关键的问题了，如果格雷厄姆答错了，答案将呼之欲出。

"你认为你父亲写的'他'会是谁？詹姆士？"

"詹姆士？我的天，不是。是我。"

格雷厄姆没有答错。

"……'先发制人'，我认为更确切的说法是'提前阻止'。你是说，你父亲为了阻止你先去杀死他，所以准备自杀？真是令人难以置信。"

"我知道。如果不是白纸黑字写着，我自己也不敢相信。"

"所以你的确有杀死他的打算？他怎么知道的呢？"

"我得从头告诉你。"

格雷厄姆说，两个月前他遇见了奈丽，这才将皮尔斯医生和母亲联系在一起。奈丽告诉他，他母亲在困境中给孩子的生父寄过信。格雷厄姆突然隐隐地猜到，这些信也许正是詹姆士和瑞贝卡瞒着他谈论的那些信——也是养父母极度不和的原因。他之前也经常想知道亲生父母是谁。现在，真相一目了然：七年前，皮尔斯医生辗转找到他，将他带回自己家中收养，包容他的种种不良行为。老医生为了弥补自己对米莉的亏欠，这么做就言之有理。

格雷厄姆解释，所以他直接就去翻找 1940 年的病例册。如果自己是他们爱的结晶，这一年就是米莉和皮尔斯相恋的年份。父亲老谋深算的外表下，藏着一颗多愁善感的心，他很有可能挑选那一年的病例册，在上面写下自己的忏悔。

在奈丽给出线索后，格雷厄姆就着手调查 1939 年至 1940 年间奈丽和米莉在东格林尼治的邻居。后来，他总算找到一个妇女，缠着人家到当地酒馆喝酒。据那个妇女回忆，米莉是皮尔斯的一名病人，妇女怀疑他俩之间有暧昧关系。她曾目睹皮尔斯医生打电话叫米莉来诊所。不过，这位妇女也承认，她从没听到有关他俩的闲言碎语，说明这对男女行事肯定非常谨慎。

得知此事，格雷厄姆直接去质问他的父亲。谈话就发生在奈杰尔和克莱尔去赴宴的一两天前。皮尔斯医生没有否认格雷厄姆的指控，格雷厄姆也没有否认自己威胁过父亲的生命。剩余的日记，就是他已经烧毁的那些，记录了这场谈话，还有皮尔斯和米莉之间的恋情。

奈杰尔仔细盘问了年轻人，得到的印象是，年轻人没有保留什么，也没有刻意降低他的敌意。

"我得问你一下。"他说，"你真想杀死你父亲？还是空洞的威胁，只是吓唬和惩罚？"

格雷厄姆认真地思考了一下："我真有这个打算。在我认识他的真面目前，我已经恨了他很多年。"

"当你发现皮尔斯医生对你好，是因为要竭力补偿你以前经历的不幸？"

"不是因为我自己经历的不幸。"格雷厄姆冷漠地打断他，克制住怒火,"我无法释怀,我不能原谅他辜负了我母亲。"

"那不是他的错。他没读到你母亲寄来的信,那些信被截留了。等看见信,已经太迟了。"

"你又开始说教了。"格雷厄姆说,"我不能容忍布道行为。我母亲去世后,我受够了面对那些卑贱的人:不停地说教和殴打,让我整日饿着肚子工作。"他的声音尖锐刺耳,带着自怨自怜的哀鸣。"你们这些锦衣玉食的人不会理解……"

"你现在也是在说教。"克莱尔温柔地说。

格雷厄姆朝她恭敬地笑了一下,克莱尔感觉到,这样的笑容一定是他在那些遭受非人待遇的岁月里培养出来的,讨好得很做作,仅仅是露出牙齿而已。

"得谈谈你母亲。"奈杰尔催促道。

"你觉得我会忘记她?怎么可能。"

"我可没这样想。"

格雷厄姆脸上掠过一丝奇怪的表情,说:"她死的时候,我还是一个孩子。但我无法忘记她最后几周的悲惨生活。她竭力隐藏,不让我看见这些悲惨。我看见她转过身,用手帕捂着咳嗽,她咳血。她的身体太虚弱,早上几乎下不来床,也站不到炉子边去。没有男人帮她。除了以备不时之需的那一点点钱之外,没有收入来源。穷困的日子,像一头该死的洪水猛兽!她经常把大部分食物留给我,说自己不饿。我不知道咳了这么多血她怎么还能活下去。你明白,我爱她。那以后,我再也不会爱任何人了。是我父亲让这一切发生的,怎么会有人指望我不去恨他？"这些从他嘴里喷涌而出的话，就像伤口流出的脓一样，"我们有一个音乐盒。她哄我睡觉时，我们经常玩这个音乐盒。等我入睡，她才上街带一个男人回家。她很喜欢这个音乐盒，我猜是一个男人送她的。但最后，她不得不典当了它。她哭了很久。我讨厌看到她哭泣。"

格雷厄姆·兰德龙忽然停了下来，盯着前方，眼神空洞，脸色僵硬。粗糙的皮肤证实了少年时期的营养不良。

"你有充分的理由恨你父亲。"奈杰尔顿了一下，"你威胁要杀他，可你为什么没做？"

格雷厄姆抬起头，惊讶地说："他对我确实太好了。我从没被人这样对待过。"

"你为什么要销毁那些日记？"

"因为太明显了，不是吗？等他的尸体被人发现，大家都会说他是被谋杀的。我只能烧了那些日记，以免泄露我想杀他的动机，还有那些我威胁过他的记录。"

"你想留一手，所以保留了最后这张纸？那你知道佩特罗尼乌斯的所作所为吗？"

"我查过，他在热水浴池中切开了动脉。你说过，那不可能——两道切口不可能一样深。但如果佩特罗尼乌斯可以做到，我父亲一样可以。"

"佩特罗尼乌斯有奴隶帮他。不说这些了，既然你觉得这几行字是你父亲自杀的证据，那为什么一直隐瞒到现在？"

他露出惯犯常见的幸灾乐祸的笑容，但笑容转瞬即逝，他说："我没义务帮警察破案，离他们越远越好，我只想明哲保身——反正警察早晚会拿着日记上门，问我都干了什么。"

"你觉得欺骗他们很有趣？"克莱尔问。

"确实有点。"

"可你现在为什么又拿出来了呢？"奈杰尔平静地问，"因为你觉得，你有可能会被指控犯下了谋杀罪？"

"我没碰过莎伦一根指头，我昨晚一直在家。"

"我说的是皮尔斯医生，那是和日记相关的唯一案件。为什么你现在才拿出这张纸呢？"

格雷厄姆的眼睛直勾勾地盯着奈杰尔："你说莎伦的死和我父亲的死有关联。那意味着我们家有人杀死了她，对吗？"

"对。"

"所以我父亲不是自杀，有人杀了他，又杀了莎伦，因为她知道的太多。或者这个人有其他原因想要她的命，用我父亲的死来掩盖。"

"掩盖什么？"

"掩盖他杀死莎伦的动机。假设有人认定父亲是他杀，所以他杀了莎伦，焦点就会落在谋杀我父亲的嫌疑人身上。"

"有点牵强附会。"

"就是这样。"格雷厄姆不顾奈杰尔，继续说，"我们家族中有一个人，还想除掉几个人，那样我父亲的财产就可以统统归他了。"

"为什么对莎伦下手？她只能通过哈罗德间接继承财产。"克莱尔说。

"一个幌子。"格雷厄姆意味深长地看了她一眼。

"你是说,哈罗德亲自杀了她,只为迷惑我们?"

"他还有另外一个动机……"

"挨个除掉剩下的人?你真的相信?"

奈杰尔插话:"你好像还认为你父亲是自杀。那他的尸体怎么会消失的?"

"被人挪走了啊。"

"为什么要挪走?"

"我怎么知道?慢着……当我父亲还活着时,假如有人比我更早发现日记,他也许会觉得,即便杀了我父亲,别人也会以为他是自杀。然后,他发现日记不见了,那也是证实皮尔斯医生自杀的唯一证据……不,不对,我也是尸体消失后才找到日记的。不,他肯定是自杀。我知道了!"格雷厄姆兴奋地打着响指,"我父亲确实是自杀,但我们之中有人发现了他的遗体,以为那是一场谋杀,就把遗体扔进了泰晤士河。他希望遗体被发现时,'谋杀'痕迹能被清除。我可以马上告诉你,我们当中谁最可能干这事:是詹姆士哥哥。他循规蹈矩,最怕秩序被打破,他决不允许在医生的家里发现一具尸体。真是太糟糕了,这样下去怎么收场?"

奈杰尔感到,格雷厄姆这时候抖机灵真是荒谬,相当幼稚。他不置可否,拿起那张皱皱巴巴被烧焦的日记,说:"你的这些说法,开头都是'假设某人在我之前发现了日记'。好,我们就按你的假设走,那个人也一定看到了你威胁父亲的话，如果他想杀掉你父亲，你就是理想的替罪羊。"

"是，我们想到一块儿去了。我认为他会等更久，看看我是否为他除掉了我父亲。当他发现日记不见了，肯定措手不及。"

"谁还会在皮尔斯医生死后去寻找日记呢？"

"我不知道。"格雷厄姆犹犹豫豫地说，"贝姬翻了半天都没找到日记。但詹姆士一直在问她找到没有，哈罗德也很关心。"他站起身要走，"你们两个让我待那么久，真是太好了。挪走了我心中的一块大石头。"他向奈杰尔伸出手，天真地问："我可以拿回那页日记吗？"

"日记？"奈杰尔在心里暗暗说：天啊，不可以。

"你已经看过了啊。"

"还得让笔迹专家鉴定一下，我们得确保，这不是伪造的。"

第十四章

尸体不知所踪

"你平时就在这里睡觉？"奈杰尔打量着铺着格子呢的行军床，床靠着书房的一面墙。

"是啊。"詹姆士医生回答，"我要守在电话边，我房里没电话。虽然我父亲房间有分机，但我不喜欢这样……"

"你平时睡得好吗？"

"还不错。不过，房子另一边的过往车辆会很早吵醒我。你为什么问这个？"

"你看上去睡眠不足。"

这位医生确实需要睡一个好觉。他眼皮沉重，眼珠有气无力地转动着。眼袋低垂，还沾着眼垢。他结实的肩膀沮丧地耷拉着，似乎被什么东西拴住了，满面愁容，就像一头困惑的公牛。

"我昨天终于得闲半日，自从……这是第一次。"他的声音再次变轻。

"谢谢你愿意把时间分给我。那你的工作怎么办？"

"一个同事会暂时帮我一阵子，他接手了我父亲的一些老病人。"

一阵短暂的沉默。詹姆士医生疲惫到懒得去问奈杰尔为什么来这里。奈杰尔打量着书房、床、书架、电话和珍妮特亲手画的护墙板。护墙板上是条纹木头的图案，她这样画是为了取悦丈夫，可惜适得其反。在这里，沃尔特·巴恩痛打过记者，瑞贝卡当时吃惊又兴奋地在一旁围观。同样在这里，皮尔斯医生写下他的日记，一张残页正在笔迹专家手里接受鉴定。

"你在电话里听到的那个声音……"

"电话里的声音？什么时候？"詹姆士无精打采地问。

"莎伦……那天晚上你接到的假冒电话。"

詹姆士有些胆怯，说："天，我非得卷进去不可吗？我告诉过警长，我听不出是谁。"

"是男是女也分不清？"

"是……怎么会是女人呢？"

"为什么不会？"

"该死，难道不是那个杀了莎伦的凶手吗？就是他打电话把我叫到案发现场附近的。"

"杀害莎伦的凶手或同伙,就不会是女人了?"

詹姆士医生低下头,像头危险的老公牛。

"你在暗示贝姬?"

"为什么是贝姬?"

"她是我们家唯一的女性了,还有那个丝袜!"医生摇摇脑袋,想清醒一下,然后爆发出疲倦至极的沙哑声音,"到底是谁,是谁那么憎恨我们?"

"憎恨你们?"

"那个人用我母亲的丝袜行凶,还藏起了我的长手套。手段残忍至极。再这样下去,我会变成偏执狂的。没办法,我有犹太血统,很容易患上被迫害妄想症。"

奈杰尔看了他一会儿,觉得时机来了。谎言在道义上不会有尊严,因为它就是要掩盖真相。

"现在,"奈杰尔说,"恐怕你要把我算成迫害者之一了。"

詹姆士·兰德龙毫无生气地看着奈杰尔。

"你还是不愿意告诉我,你父亲尸体失踪那晚的真相吗?"奈杰尔语气平静地问。

"你到底什么意思?"詹姆士很生气,他疲惫的大脑再次被惹恼,"我已经说了实话,把我知道的一切,一而再、再而三地全部告诉了你们。我对这一切已经彻底感到了厌恶。"

"你那晚接生后回到家,就去了你父亲房间。要么是去道晚安,要么你想去问他一些事。结果,你发现他死在了浴缸里。你匆忙为他穿上粗花呢外套,背着他从后门出去,把尸体放到他汽车的副驾驶座上,开车到河边,再把他从特拉法加酒馆附近的河边推了下去。"

詹姆士痴痴地看着他,像是被催眠了:"你疯了,你真是疯了。那晚,我开车又回到我病人家里,是因为……"

"那个产妇没有产后并发症。"奈杰尔平静地说,"你再次回到产妇家没有理由。而且,为什么你第一次是走路去的,后面雾变大了却要开车过去?你无法做出任何合理的解释。"

"已经解释过了,我以为大雾已经散开了。你以为你是谁,凭什么来指导我的行医方式?"医生发着脾气。

"有人看见你把尸体投进河里,警方找到了目击证人。我本不应该告诉你这些的,但……"

詹姆士·兰德龙的脸耷拉下来了,身体也塌下来了。他的西装凌乱不堪,像是马上要去参加暴动:"真的吗?"他嘟囔道,眼神空洞地盯着前方,"你的意思是他们要来逮捕我,因为谋杀?"

"他们肯定会指控你。指控什么取决于你是否讲了实话。如果你现在讲实话……"

"我……你介意我把妹妹喊来吗?"

奈杰尔想了想,说:"可以。"

"她现在应该在花园里,我去叫她。"

当詹姆士迈着僵硬的步伐出去后,奈杰尔终于有空思考一下自己想出来的这出阴谋诡计,同时揣测詹姆士下一步会采取什么行动。花园通往车库,詹姆士会不会仓皇出逃?

几分钟后,詹姆士带着瑞贝卡回来了。兄妹俩并肩坐在沙发上,像两个被惩戒的孩子,手拉着手。

詹姆士抬头看着奈杰尔:"这意味着我的职业生涯结束了吗?"

奈杰尔点点头,感到一丝难过。他的眼睛停留在詹姆士·兰德龙的脸上,对方的表情已经起了变化,奈杰尔脑海中想起一句诗:"如果有平静,那也是一种绝望。"[1]

"不是詹姆士做的。"瑞贝卡闪动着棕色的眼睛说。

"不是我做的,我却让警方相信是我做的。抱歉,确实不太合乎逻辑。"詹姆士抬起沉重的眼皮,看着奈杰尔,"我已经告诉贝姬了,是我把父亲的遗体扔到河里去的。"

"但人不是他杀的。"瑞贝卡愤怒地说,"詹姆士不会那样去杀人。"

"跟警察说吧,贝姬!"她的哥哥说,"斯特雷奇威说,他们已经找到目击证人了,有人在特拉法加酒馆附近看到我了。"

奈杰尔没有看瑞贝卡的眼睛,但他可以感觉出来,兄妹俩在仔细打量着他。他说:"你最好告诉我,到底怎么回事。"

詹姆士站起身,走到窗口,又转过身子,仿佛他经不起阳光的照射。越过他魁梧的肩膀,奈杰尔可以看见二月的阳光惨淡地照在破旧电影院的泥墙上。电影院坐落在街道对面,曾是一座维多利亚风格的音乐厅。一只鸽子从一扇破窗户里面飞了出来。

---

[1] 出自英国诗人丁尼生的诗集《悼念集》。

"那天我接生完回来,我去了父亲的房间。我有点担心另一个病人,想向他请教一下。"詹姆士语带遗憾地说,"他的医术十分高明。"

"他经常指点你。"瑞贝卡插话。

"他房间静悄悄的,我察觉到一丝异样,走进了他的浴室。我看到他裸露的尸体躺在浴缸里,动脉被割断了。一支剃须刀放在浴缸外面,水被染红了。我确信他已经死了,我就上前检查伤口。"

"你当场就意识到,这不是自杀?"

"是的。我的法医学知识虽然有点荒废,但我没发现试验性伤口。我又仔细检查了两道伤口,它们一样深。"

"所以,你认为是谋杀,凶手是家人或有家里钥匙的人?"奈杰尔可以感觉到瑞贝卡浑身紧张,眼睛盯着哥哥。"那就是你为何冒着风险将尸体挪走的原因?你担心,如果别人知道了皮尔斯医生在家里被谋杀,诊所会受到影响,是吗?"

"是的。"

"不是的!"瑞贝卡大声叫道,"你没有这么卑鄙,没有这么唯利是图。詹姆士是怕……"

"求你了,贝姬!"

"詹姆士是在保护我。他认为是我干的,他偷听到我对父亲说,希望他去死。"

这个女人语无伦次地说着,语速很快,詹姆士摇晃着她的肩头,命令道:"住嘴,贝姬!你又歇斯底里了。快停下!"

"好吧。"等她安静下来,奈杰尔说,"不管你有什么理由,都是你挪走了尸体。告诉我,你到底是怎么做的,这很重要。"

詹姆士·兰德龙说,他先放掉了浴缸里的血水,擦干尸体上的血污,清洗了浴缸,这样浴缸边缘就不会有暴露秘密的血渍。他将剃刀放入口袋,从卧室取来他父亲的粗花呢外套,套在尸体上,将他背到了车库里。

"你做这些的时候,卧室或浴室的门锁着吗?"

"我只锁了浴室的门,没锁其他房间的门。"

"你确定这是谋杀,没看到留下的绝笔信吗?"

"没看到遗书。我猜想,凶手是想把现场伪造成自杀。"

"为什么要穿上粗花呢外套?你已经擦干净尸体,没有血渍了。"

"对你来说也许很奇怪,但我毕竟是医生,过去经常处理尸体。我认为不穿衣服就把他运走不太体面。更何况,他是我父亲。"

"你是想,如果将他扔进泰晤士河里,尸体也许就会消失?至少肉体的腐烂可以消除谋杀的迹象。"

"我的确是这么想的。不管怎样,我这么做是想迷惑其他人。可我想得不是很清楚。我……当时我有点慌,我只想赶紧把尸体弄走。我找到一个不错的借口,可以再次出门,那地方离河边也不远。"

"假如当时是低潮呢?"

"你要是像我们在这里住这么久,就会靠直觉知道潮水的涨落。"

"所以,你神不知鬼不觉地将尸体背到了车库里。"

"本来会被人说三道四的,"詹姆士刻薄地回答,"如果有人看到我背着尸体走路的话。"

"然后呢?"

"正如我之前所说,我将尸体运到河边,扔了进去。我需要把所有过程都现场还原一遍吗?"詹姆士已经走出了沮丧的情绪。

"我倒希望你能这么做,我这可不是随意的好奇心。你隐瞒此事很久了,那一定是你一生中最恐怖的经历,说出来对你有好处。"

"你认为我会因此精神崩溃?那样倒好,我就能住进精神病院,而不是牢房了。"

"詹姆士!"瑞贝卡突然哭了起来。这次,她的哥哥没有阻拦她,她也很快止住了哭声。

"事后从犯。"他说,"这样的指控对吗?"

奈杰尔不吭声。

"你不会认为是我编造出这些谎言,来掩盖我杀死他的事实吧?"詹姆士坚持问。

"我的天,不会的。你不会杀死他的。"瑞贝卡突然抬起头,就像有人从后面揪住她的头发一样。

"给尸体披上外套,"奈杰尔说,"是因为觉得背一具裸尸不太体面。真凶不会有那种感受。而且我认为,你不会有想象力去编造这件事。"

这位医生,在他回忆运送尸体的可怕细节时,还是展现出超出预期的想象力、或者叫敏锐性来。当他讲话时,奈杰尔瞧见瑞贝卡眼泪哭干,坐在那里,又从她那里看见街对面那座黄色、废弃的电影院,看见电影院外立面上的花饰、破旧的窗户和固定的的木板。木板上写着:不动产待售。

"我努力让他撑坐在旁边的副驾驶座上。那情形有点像过去，那时我刚获得行医资格，我常在假期里开车带他巡视。那时雾很大，我不得不打开车窗才能看清楚一些。我甚至想，他要不是穿了那件外套会感冒的。我好傻。但他……那具尸体，一直懒洋洋地靠在我身上，仿佛在取暖。我从伯尼街开出去，经过圣阿尔菲哥教堂开到大路上。我看不清路，只能乱开，根本不知道在路的哪边，直到碰上勒脚石。我差点在内尔逊广场撞到交通安全岛。我吓出一身冷汗——假如我出了事故，被人发现前排坐着一具尸体的话。我差点想从那地方跳车逃跑。后来，我花了足足五分钟才到达海军学院。结果我又差点撞上公交车站的交通安全岛。我向左急打方向，尸体……在我的肋骨上使劲戳了一下，我几乎听见父亲对我说'注意开车'。他总爱指手画脚，对吗，贝姬？好吧，当我们避开那个安全岛，好不容易来到伍尔维奇路，我发现前面又有一个尾灯，我发现这家伙开得比我还慢。我尽量大胆靠近，紧跟着他。我一只眼盯着他以防撞上，另一只眼瞭望左边，开到帕克街。幸运的是，在拐弯处只有一个行人过马路，我也能够认出斑马线，及时左转。我剧烈咳嗽起来，因为我一直把头伸到窗外开车，所以我关上车窗，以防别人听见。我在靠近河岸的地方把车停下，将父亲的尸体拖了出来。外套快掉下来了，我帮他系好纽扣，将剃刀塞到口袋里。四周寂静无声，大雾弥漫。我什么也看不清，什么也听不清。后来，我听见了河水拍岸的声音，我背着他，朝那方向走去。我将他扛过栏杆，扔了下去。巨大的响声打破了静默的夜。过程就是这样。我无法想象，怎么会有人凑巧在大雾中看见我做的这一切。水花四溅后，我隐约记得自己说，'父亲，请原谅我们的罪过'。不过那也很奇怪，因为我从不信这玩意儿。如果我对活着的父亲说这话，我需要原谅他更多的罪过。"

单调又难以自拔的声音停了下来。那种感觉就像皮尔斯医生的尸体在大雾中被丢进河里，波澜渐渐散去那样。

"告诉我，"奈杰尔说，"你认为是谁杀了你父亲？"

詹姆士·兰德龙盯着他看，默然无语，一脸倔强。

"我一直都说你在保护某个人。只有一个家人，你会不遗余力地去保护。"

"不能让我独处一会儿吗？"詹姆士声音小得像是从无底洞深处传来一样。

"是啊，为什么不能让他独处一会儿？"瑞贝卡叫道，拉着她哥哥的手。

"发生两桩谋杀案了。"

"詹姆士认为是我杀了父亲。我恨父亲，因为他虐待我母亲，也因为他虐待我，他总是把我看成卑贱的、可以呵斥的对象。我想和沃尔特待在一起的时候，他就是不让我去。父亲觉得我除了做'管家'之外，没什么用。他……"

"住嘴，贝姬！你又变得歇斯底里了。"

"是的,就像我在父母吵架时表现的那样。继续说！说我精神错乱，说我不能为自己的行为负责。"

"别犯傻了，贝姬。你和我一样理智健全。"

"你还在保护你可怜的妹妹吗？"

"看在老天爷的分儿上……"

"是你杀了他吗？"奈杰尔语气平静地问道。

瑞贝卡怒视着他："没有，我只是不停地希望他死。现在他终于死了。要我们领了这份心意吗？"

詹姆士·兰德龙因感情外露而倍感尴尬，他面对着坐在沙发上满脸凝重、筋疲力尽的男人，朝外看去："今天就到此结束吧，你想叫我现在去警察那里投案自首吗？我来安排一下吧。"

奈杰尔没有看他："等等，我有话对你说。"

他还没来得及开口，瑞贝卡就找准时机，抢先说："你在撒谎！警察根本没有目击证人。"

"贝姬，求你了！斯特雷奇威绝不会……"

"如果有人看见你将父亲的尸体扔到河里去，他能等这么长时间才去告诉警察？"她不依不饶地看着奈杰尔。

奈杰尔承认了："确实，没有目击证人。"

"啊，你在耍鬼把戏，想从詹姆士嘴里套话，然后告诉警察。"

"警察怀疑是你哥哥挪走了尸体。他们没有证据，我也不会提供任何证据给他们。"奈杰尔断然答道。

"因此，你是在玩猫捉老鼠的游戏，自娱自乐罢了。更卑鄙。"瑞贝卡·兰德龙脸气得通红，却因此显得愈发美丽。

"你家里有人犯下了两桩谋杀案。在他杀下一个人之前，必须阻止他。如果你们大家还要隐瞒，就无法阻止他的行动。莎伦已经被一只从你抽屉里拿走的丝袜勒死了,她隐瞒了一些本来可以讲出来能救她命的东西。或许,你们也知道一些本来可以救她命的东西。"

"怎么可能?"瑞贝卡不确定地说,"你什么意思?"

"比如,关于沃尔特·巴恩的情况。"

她的眼睛因为错愕睁得溜圆。"沃尔特?太荒谬了,他不在那儿!"她叫道,最后一个字特地扬了扬音调。

奈杰尔使劲地盯着她看,命令道:"你再说一遍。"

"我说,他不在那儿。11点后,他很快离开了这座房子。我目送他走的,看着他推着自行车上了山。我还在门口站了一两分钟,他没有下山回来。如果他一直上山,沿着公园南边,走下迷宫山,他不可能去到莎伦被杀的地方,时间不够。"

奈杰尔打断她的喋喋不休:"无关紧要,兰德龙小姐。在你父亲失踪的早晨,你和格雷厄姆去找他,是你说格雷厄姆去浴室找的。"

"是的。"瑞贝卡一脸迷惑地说。

"你自己没进去,对吗?"

"是的。"

"格雷厄姆进去,说'他不在这里'。你记得那句话吗?"

"记得。"

"他是怎样说那句话的?"

"我不明白你的意思。"

"照他说话的样子说,尽量模仿他的音调。"奈杰尔急切地催促。

瑞贝卡犹豫起来,脸上又浮现出焦虑的神情,那种当她父亲嘲笑她智力时,她常会出现的神情:"实话实说,我不会……我不擅长模仿。"

"好吧,比方说,他是不是这样说那句话的。"奈杰尔用平缓的语调说出那句话,重读了一下最后一个字,"或者更像这样?"他的音调在第二个字这里降低,在最后一个字那里升高。

"对,就是那样。"瑞贝卡说,"就像你第二次说的那样。"

"很好,你明白那是什么意思吗?尤其是直到那一刻,格雷厄姆对你父亲的失踪都没表现出焦急的神情。"

"嗯,当他走出浴室的时候,他看上去很难过,可是……"

"你的意思是,"詹姆士插话,"他本以为父亲的尸体在那里,却用奇怪的语气说了句'他不在这里'?"

"就是这样。"

"我们可以从中推断出什么?我亲爱的哥哥姐姐。"从门口传来一个声音。

格雷厄姆·兰德龙走了进来,不知道他已经听了多久他们的谈话。他在靠窗户的座位坐了下来。

"詹姆士,是你处理了尸体?我早就怀疑你了。"他冷冷地说。

"又偷听我们说话,你这个卑鄙小人!"詹姆士叫道,他想从沙发上起身,被瑞贝卡拦住了。

"如果那晚你没有亲自杀了他的话,为什么对父亲的尸体不在浴室感到那么惊讶?"她迫不及待地问。

"你一直妒忌我,对吧?你们两个不都这样吗?"

"说重点。"詹姆士说,"回答她的问题,你无法逃避这个问题。"

他们之间的敌对情绪充满了整个房间,如同火炉里蹿出的灼热火气。三位兰德龙家族成员似乎忘记了奈杰尔的存在。

"可怜的詹姆士,答案有好几个。贝姬不可能记住我说的话,她不会辨别音调。"

"荒谬。"

"好吧,她可以假装记得我说话的音调,为了将谋杀嫁祸于我,不是吗?"

"警察会对你的说法感兴趣的。"詹姆士说。

"警察?我看你去向警察自首吧!"格雷厄姆勉强发出一阵笑声,"如果你去,我就会告诉他们,你是如何处理尸体的。不,还是让斯特雷奇威去做告密者,毕竟他喜欢这样。"

"你知道吗?"奈杰尔友好地说,盯着窗边格雷厄姆的脑袋,"你的脸像一个倒过来的等腰三角形。"

格雷厄姆身体一僵。

"这么说吧,如果我把你颠倒过来,你口袋里的龌龊东西就会掉出来。"

另外两个人看着奈杰尔,迷惑不解。格雷厄姆变得极度不安,他离开靠窗位,挪到餐桌边坐下,说:"我认为所有这些都有指向。"

"问你一个更简单的问题。当你发现你父亲在浴室里时,他是死了还是在垂死挣扎?"

"我没在浴室里发现他。"格雷厄姆极其耐心地答道,就像迎合一个精神病人一样,"他不在那里。"

"你明白了吗？即便现在，你的音调在那句话的结尾，为了表达抗议而提高了。你还在为你父亲不在那里真心感到愤愤不平。你既感到意外，又感到气愤。对于尸体失踪感到不合常理。现在，我谈论的是前一夜，当莎伦在你的房间等你时，你去了皮尔斯医生的房间，你发现他已经死了，还是快死了？你应该记得吧？还是你过于慌乱，不想去找了呢？"

"我从来没有去……"

"注意，想想你否认的后果。如果你发现他在浴室里开心地唱歌，第二天早上，你发现他不在那里的时候你的状态不会这样。正如瑞贝卡说的'极度焦虑'。因此在前一夜，你要么发现他死了，要么快死了。"

"但我给你讲过……"

"如果你没去，只有一个可能——你亲手杀了他。"

奈杰尔像法医一样，看着詹姆士和瑞贝卡，仿佛他们也是陪审团的一员。格雷厄姆只是耸耸肩。奈杰尔试图打乱他内心平静的努力看来白费了。

"不管哪一个选项，"奈杰尔说，"都能解释你回房后莎伦在你脸上看到的那种奇怪的兴奋。"

"你好像忘了，我从没承认那晚我离开过房间。是莎伦撒谎，说她在那等了我十分钟。"

"莎伦已经死了，她再也没法开口了。"

格雷厄姆再一次耸耸肩。

"你威胁过要杀死你父亲。"奈杰尔开始说道。

"什么？"詹姆士叫起来，"你怎么知道的？这是真的吗？"

"格雷厄姆亲口告诉我的。"

"为什么你想杀死他？"瑞贝卡急切地问，她红着脸说，"你可是他的心肝宝贝啊！"

"他诱奸了我母亲，又让她穷困潦倒。"格雷厄姆结结巴巴地说。

"我半个字都不信。"詹姆士说，"闹剧般的胡扯。"

"当然，你们的母亲也要为此负责。"

"你凭什么这么说？"詹姆士嚷嚷，"收回你的话，否则……"

"你们的母亲，她截留了我母亲在弥留之际寄给他的信。你们忘了那场争吵吗？贝姬肯定没忘。"

"别把我妹妹牵扯进去，你这个卑鄙之徒！"

"我没有，因为她早就深陷其中。她和我一样，恨她的父亲，你是知道的。第二天早上，她不敢走进浴室。她假装是我发现尸体不在那里而震惊。她在咖啡里放了镇静剂！我亲眼看见的。是你干的，对吗，贝姬？"

瑞贝卡·兰德龙的眼睛死死地看着他。她像是被人扼住了咽喉，嘴巴张大，失声痛哭，跟跟跄跄地跑出了房间。

第十五章

沃尔特的烦恼

几小时后,奈杰尔和警长赖特探讨起案件的最新进展。

在赖特严密的讯问之下,有一个较为可靠的证据——瑞贝卡悄悄地在父亲饭后咖啡里放了安眠药。至于为什么要向警方隐瞒,格雷厄姆说,他本来不想连累姐姐,但在奈杰尔的讯问中,她和她哥哥一直在攻击他,所以他决定说出来。

"那是在胡说。"赖特说,"要我说,他想用这个作为把柄,去敲诈他姐姐。"

"你对这个年轻人的评价总是很低。"

"你不也是？即使他不是真凶，也是一个具有潜在犯罪倾向的人。我们会再调查他。"

"他是你的头号嫌疑人？"

"是的。"

奈杰尔给赖特递了一支烟，帮他点上。烟柱在赖特浅褐色的脸颊边升腾，让他显得很冷酷。

"瑞贝卡·兰德龙说什么了吗？"

"她不太愿意与外界交流，啥也没说。你快把她逼疯了。詹姆士医生扶她上床，给她喝了一点镇静药，说她现在不适合进一步讯问。我派了一个手下陪床监视。"

"我的老伙计，如果是格雷厄姆杀了皮尔斯，瑞贝卡又为何要在咖啡里面放安眠药？你不会说他和瑞贝卡串通一气吧？"

"是格雷厄姆的一面之词，你相信他说的话？"

"如果他的指控不实，瑞贝卡会勃然大怒的。但她的反应很不寻常，真的很奇怪。"

"该死，如果她真在咖啡里面放了安眠药，就说明是她和沃尔特一起谋杀了老头。你是这个意思吗？"

"不能这样理解。完全可以想一个无罪的理由，去解释她放安眠药的原因。她如果不是……或许现在就可以告诉我们。我们不用等，我们可以去问沃尔特。"

"恐怕不行。"

"为什么？"

"他失踪了。"

"天啊,又来一宗失踪案?"

"他和他的自行车都不见了。我今天早上去了他家,有住户看见他背着背包,骑着自行车出去了。到现在还没回来,吉凶难料。"

"谈到他和自行车……"奈杰尔告诉了赖特,在莎伦被杀的那个晚上,沃尔特是如何离开的。

"所以,如果凶手在我们认为的时间里杀了莎伦,巴恩是没法到达那里去杀人的。"赖特慢悠悠地说,"如果兰德龙小姐讲了实话,她之前为什么没提到这一点呢?"

"有可能是因为,直到我暗示莎伦被杀,是因为她知道一些瑞贝卡和巴恩的情况,这一点才显得重要起来。也有可能是因为那两个人真的有罪,瑞贝卡编故事是为了让巴恩的不在场证明更可信。"

"詹姆士医生的长手套。"警官过了一会儿说,"手套背面有擦痕。我们实验室人员发现,这些擦痕是指甲留下的,那些橡胶颗粒的下面是那个已故女人的指甲痕迹。它们对得上。"

"鉴定技术真不错。我们要做的,是找出谁戴了这只手套。还有什么扣人心弦的证据吗?"

"其他还没结果。图里街的刑事特侦组告诉我,他们巡逻的警察在莎伦被杀那晚,没有人注意到哈罗德·兰德龙和他的捷豹汽车。在街道某一边,哈罗德将车子停下来醒酒。一辆捷豹汽车在那条街上出现是很突兀的。但案发地人很多,巡逻警察在案发时段也走不到全部区域。"

"你已经排除了哈罗德？"

"我没排除任何人。这是这桩案子的麻烦之处,让我晕头转向。太多的动机,太多的线索,都指向不同的方向。哈罗德经常进出6号的房子,他也有可能偷走丝袜,戴上长手套,事后再藏起来。詹姆士医生也有莫名其妙的好运。"

"詹姆士医生?"奈杰尔有点惊讶地问。

"我没说他是凶手,尽管他有这种可能性。但起码他能把尸体从家里挪走,扔进河里,没被任何人看见。"

"我赞同。"

"不可能有别人会挪动尸体。"

"是的。"

奈杰尔对于老朋友的敏锐眼光感到有点不自在。

"今天下午和詹姆士还有他妹妹的谈话如何?"警长问。

"就那样。"

"他们否认了吗?"

奈杰尔犹豫了一下,他用谎言引诱詹姆士坦白,这事让他良心过不去。向老朋友赖特撒谎是不可想象的。

"我很抱歉。"他说,"我不能告诉你我们之间的谈话。"

"你已经告诉我了。"赖特警长冷冷地说,"我希望你知道自己在干吗。"接着,警长就离开了。

第二天上午,天气晴朗。11点,克莱尔外出购物,沃尔特·巴恩来到了奈杰尔家的门廊外。奈杰尔头一回看到这位画家流露出万分焦急的神态。沃尔特说,他已经去过6号了,但他们说瑞贝卡病了,不接待访客。

"为什么没人告诉我呢?你知道她现在病情严重吗?"

"昨天没找到你。"

"天啊,她昨天派人找我了吗?"

"并没有,是警察在找你。"

"天啊!她没有……她没事吧?"

"没啥大不了的。我想最好给警察打一个电话,告诉他们你没有逃离这个国家。"

沃尔特站在门廊那里,奈杰尔打电话给赖特留了言。

"一起去公园走走。"奈杰尔说,"我需要好好呼吸一下新鲜空气。你昨天去哪里了?"

"我也需要呼吸一下新鲜空气。我骑自行车去了布罗姆利,在那些林子里闲逛,很晚才回来。警察为什么要找我?"

"不知道,或许是为了核查莎伦被杀那晚的情况。"

"我母亲总说,你要是和那些事情没关系,就别自找麻烦。她是对的!"

他们一起爬到长满绿草的陡坡上,右边是克罗姆山,左边是公园路。在山顶,奈杰尔带着气喘吁吁的沃尔特,朝一排木椅走去,坐了下来。

在明丽的空气里,整个伦敦像展开的地图一样映入他们眼中。山脚是优雅绝伦的女王宫殿,宫殿两侧有高大的柱廊,还有两个圆顶高耸在那里。河水泛着波光，就像一条水晶蛇蜿蜒着绕过狗岛，弯曲着向东，绕过西印度码头、米尔沃尔码头和波普拉码头后消失不见。汽船上千篇一律的烟囱帽下面有着五颜六色的烟囱。一排排的起重机装腔作势。中间还有一座巨大的面粉加工厂。在左边远处，越过那些落叶的树林，他们可以看见格林尼治河段，几艘船就像迷你玩具一样，往伦敦桥水域开去。再远处是圣保罗大教堂的圆顶，在清晨的阳光下熠熠生辉，西敏寺在西北方向也隐约可见。

沃尔特说："我从没见过这样的风景，一个地狱般的全景。"他奇怪地看着同伴，"他带他来到高山之巅，指给他看全部的世界[①]——就像此刻，对吗？"

"或多或少，但我不是魔鬼，也不准备诱惑你。我不知道你还信教呢。"

"我母亲信教。她不醉酒的话，会是《圣经》的狂热宣讲者。"

奈杰尔仔细打量起同伴：炮弹似的脑袋，前额的头发遮住眉毛，一双蓝眼睛不安地在物体间游移不定，像蝴蝶一样飘忽。脸上一副贫民窟孩子才有的厚颜无耻又爱挑衅的神情。尽管瑞贝卡·兰德龙看上去够天真了，和沃尔特一比，她还是足够成熟。这个棘手的、鲁莽的年轻人，淘气起来就像一个孩子。未必是出于邪恶的天性，可能是因为他既像小孩子一样不负责任，还想给人留下好印象。

"格雷厄姆说，他看见瑞贝卡在父亲的咖啡里面加了安眠药。"奈

[①] 语出《路加福音》4:5，"魔鬼就把耶稣领上高处，在一瞬间给他看天下万国"。

杰尔平静地说。

那双蓝眼睛看着他,又马上转开了:"那又怎样?"

"她做了吗?"

"你是指皮尔斯被杀那晚?我怎么知道?我又没出席晚宴。"

"这我知道,你在楼上,在她的房间里。你干吗闪烁其词?"

"又是老套的问答。"

"瑞贝卡没有否认。"

"那是她的事。"

"你真是一个异乎寻常的怪人。你要娶的女人被指控为杀人犯,你却说不关你的事。"

他脸上流露出动物般的神情:"这种事没有'本应如此'。你我争吵过后,我有了一个想法,它让我豁然开朗。我去看了贝姬,告诉她我会坚持到底。"

"坚持到底?"奈杰尔呵呵笑道,"那肯定有助于改善她的情绪吧?"

"别犯傻!我不是那样说的。"

"那你是什么意思呢?"

沃尔特再次移开眼神,说:"贝姬在老人的咖啡里面放安眠药,理由可以很简单。"

"确实,就是帮助他入眠,对吧?"奈杰尔不无嘲讽地说。

"是的。她父亲反对我们在一起,她已经和他大吵大闹过了。皮尔斯禁止她和我再见面。贝姬请我过去,偷偷把我带进她的卧室。我们有了争执,要决定违抗老人还是直接分手。她不希望她父亲跑上楼来，看到我在那儿，然后在我俩还没谈心之前就赶我走。"

"所以你放了莫扎特？"

"是啊，为什么不呢？"

"确实，为什么不呢？你真是一个蠢材。"

"刚才我怎么说来着？"

"从一开始就说不要告诉警察。"

"得了吧。这对他们来说，易如反掌——如果我们告诉警察，说贝姬给老人下了安眠药，他们就会抓住机会，来逮捕我们。"

"赖特警长不会随便逮捕任何人。"

"这些混蛋只想升迁，不是吗？你真觉得他们会轻信，贝姬把她父亲弄得昏昏沉沉，只是为了能和我多聊一会儿？呸！"

"我是准备轻信的。"

"你不一样。你多少还有一些人性，你的思维没有穿制服。"

奈杰尔给沃尔特递了一根烟，点着："大家现在又开心了。"

"别开玩笑了。"

"你在想，是不是瑞贝卡上楼来见你前杀了她父亲？"

"不是那样。"沃尔特挥挥香烟，拒绝这一说法，"她要么做了，要么没做。老人自己找死，他是一个虚情假意的暴君。"

"你心里有什么事是重要的？"

"当然有了。"沃尔特顾不上奈杰尔的挖苦，默默地看着山脚下的伦敦城，开口说，"我们可真滑稽。看看远处，烟雾、上千万的房子、工厂、商店和仓库。只要拥有其中的两三处，你就可以高枕无忧。你说是吗？"

"你说呢？"

"当一个人陷入贫穷，这些都是巨大的诱惑。"

"是的。"

"你了解艺术家的困境吗？"

"困境很多，我身边就有一个。"

"真真切切。马辛格小姐是成功的艺术家，她非常优秀。她不必考虑生活的正确方式。"

"我不太确定。"

"你可能认为我是一个自私自利的年轻混账，用漂亮话来装点门面。确实，我是有点骄横跋扈。但相信我，我讨厌游手好闲，也从不流连酒吧，更别提那些认为画笔就是用来签名的大胡子。如果我知道有什么方法能让我画得更好，不择手段我也在所不惜。可我不知道。我画得和别人差不多。那不是重点。我担心的是，我是否还有超越别人的潜力。如果有，我会过上一种什么样的生活？"

"克莱尔在你这个年纪时，也常常这么想。"

沃尔特的眼睛亮了起来："她现在还这样想吗？我不信。"他又陷入沮丧，两只手在双膝之间摆来摆去。

"我们会再次见到贝姬。"奈杰尔说。

"是啊，可怜的贝姬，可怜的巴恩。"这些话脱口而出，"她有多少钱不重要。钱会让我堕落，让我变懒，磨平我的锐气。还有更复杂的，我得对她负责，对工作负责。如果我现在辜负了她，天知道她会做些什么事出来。你知道，她沉不住气。我得说这不正常。我不想她成为我的良心负担。如果我经历了重重困难,却发现创作锐减,我会责怪她,责怪我们的婚姻,你明白吗?那样会毁掉婚姻。假如我鼓起勇气,和她断绝关系,最后又发现我的创作一无是处——那我对她的伤害就没有意义。我会觉得自己是一个多么卑鄙的人。"

奈杰尔若有所思地看着他,把目光投向一艘拖船。拖船正在泰晤士河的下游拖拽着一排驳船。"我认为你抛出的是假问题,掩盖你不敢面对的真问题。"

"那好,老师,请你明示。"

"首先,你认为如果对你创作无益,你可以看淡瑞贝卡的财富问题。"

"你是指?"

"只取你俩简单生活所需的钱财,将其余的送人。"

"送给我的画家朋友,哈?"沃尔特笑道,"去腐化他们?来剔除我的竞争对手?"

"……或者给你们的孩子存进银行,自己先不用。瑞贝卡会同意吗?"

"她也许会同意,但是……"

"那不是真正的问题。"

"继续说,教授。"

"你想掩盖的真正问题就是这个:你对她的爱深不深,足以让你为她冒一切的险——为你的爱赌上你最珍贵的东西,你的才华。"

年轻人不说话,搓着双手,一脸困惑,带着悲伤。

"我们现在看上去一定像维多利亚时代的一幅画。"他说,"《乡村长椅》,或者《他会移民吗》。"他陷入沉默,忽然说,"爱她?我都不知道我是否还相信爱情。"

"一派胡言,你倒不如说你是否相信格林尼治公园。你就在格林尼治公园,你最好相信这里。"

"她会成为一名好妻子。"沃尔特说,"她会做饭,会理家,诸如此类。"

"她对你的创作感兴趣吗?"

"嗯,那是我的工作。我能想象她为了我变得野心勃勃。"他闪动着眼睛看着奈杰尔,"你认为她还正常吗?我是指她大发脾气的样子,真的很吓人。"

"如果她有'安全阀门',就不会大发脾气了。"

"你指婚姻?看看莎伦和可怜的哈罗德。"

"他们怎么了?"

"她确实结婚了,有一个忠心的丈夫——倾慕她所做的一切。她看到一条乱丢的裤子都会不停地大发雷霆。如果我是哈罗德,我早就把她的脖子拧断了。"

"瑞贝卡不是莎伦,哈罗德也不像你。为什么提他俩?"

"是你先说安全阀门的。可怜的哈罗德,用摇尾乞怜的方式看着她:别的狗把肉吃完了,请扔一根骨头给我吧。还得忍受她的不满和她可厌的情人。我问你,要么他不算男人,要么他把安全阀门拧得太紧,以至于……"

"所以他终于爆发,把她给杀了?听着挺合理。但他为什么杀死父亲呢?"

"他有必要杀死两个人吗?"

"有人会这么做。"

"我听说可怜的哈罗德需要钱。"

"你和瑞贝卡也需要啊。"

沃尔特·巴恩放肆地看着奈杰尔:"那就是前几天你惹毛我的原因,你还想教训我吗?"

"什么,在这吗?"

"是的。"

奈杰尔演示了擒拿,一拳打掉对手的刀子。沃尔特学得很快。

"让我们过过招。"他说,"不许出阴招,看看我是不是能摔倒你。"

在随后的摔跤比赛里,奈杰尔发现沃尔特竞争意识很强。这位年轻人身上有种荒谬的严肃,无所不用其极地想要赢得比赛。在喘息时,奈杰尔想,那些出身工人阶级的男孩子,怎么会和那些与世无争的孩子形成鲜明的反差。

一位公园管理员喘着粗气走向他们两个,他被眼前的景象吓坏了:一位难缠的年轻人和一位中年绅士在殊死搏斗。他靠近他们时,两个人已经摔倒在地,往山下滚落。管理员一边吹哨子,一边追两个人下山。他目瞪口呆地站在离他们不远的地方,看到满脸怒气的两个人从草地上站起身,掸去身上的灰,然后,友好地朝克罗姆山的大门走去。

"我现在感觉好多了。"沃尔特·巴恩说,"可我还是不知道如何面对贝姬。"

"如果我是你,我会顺其自然。再等等吧。"

第十六章

走出伤逝

奈杰尔目送沃尔特·巴恩骑上自行车离去。

克莱尔疑惑道:"你们究竟在干吗?"

"我俩又打了一架,这次是友谊赛。沃尔特顽固地想展示他的力气。"

"他也许会成为优秀的画家。除了和你打架,他还想干什么?"

奈杰尔将对话的全部内容告诉了她。接着,他们的讲话主题又转移到皮尔斯医生的死、他的家人和凶手是谁上。这是一个难得的晴天,克莱尔专注地听着奈杰尔的话,他分析着动机、证据以及交织的谎言,不止一个嫌疑人打乱了案子的进展。

"最后都指向一个人。"奈杰尔说出了这个人的名字,"我很确定。我认为赖特还没想出来呢。他必须排除其他人,把这个案子递交给公诉人。这需要时间。"

"与此同时呢?"

"没错,别指望凶手会安于现状。"

克莱尔撩了一下头发,抱住奈杰尔:"亲爱的奈杰尔,我希望你别管这事了。现在的局面对你来说很危险。"

"是啊,在结案之前,我可能会陷入最危险的境地。"

"你不准备……"

"如果不引蛇出洞——"

"你目标太大,引不出蛇。"克莱尔颤巍巍地笑着说。

……

他们吃午饭时,电话铃响了。

"是哈罗德。"克莱尔拿起听筒说,"他今晚想见你。"

"叫他过来。不,告诉他,晚饭后我会过去。"

克莱尔若有所思地看了奈杰尔一眼。她咬着嘴唇,走回电话那里。

奈杰尔在她身后补充道:"9点半到10点之间。"

这天晚上9点40分,奈杰尔轻快地走到发电厂那里。他左手边的河面上,有一个黑乎乎的东西向下游漂去,发动机震得人头疼。借着街边的微弱路灯,他看见废品堆场的墙上某位愤怒的年轻人用粉笔涂鸦的大字："我恨人①"。奈杰尔想，是恨男人，还是全部的人类？

在他的前方横着那条窄巷，就在那条窄巷的波纹铁皮墙之间，莎伦被人勒死了。凶手打破的那盏路灯已经被修好了，窄巷看上去没啥不祥之兆，只是有点肮脏。"当一盏灯破碎了，"奈杰尔小声自言自语，"它的光亮就灭于灰尘。"②当他从那段窄巷来到布拉斯特码头，从卡蒂萨克酒馆传来一阵歌声。

奈杰尔停了一下，查看一下那艘震动的内燃机船的左舷和右舷。那艘船正在转弯驶向北边的水域。他还看到从他身后高墙外突出来的破旧驳船的船首斜桅和圆形船弓。那艘驳船躲在锚地的码头和红顶房子之间。

搞不清吵闹声是来自河水还是来自酒馆，奈杰尔总觉得自己在被人跟踪。这里的河滨树影婆娑，大风让影子来来回回地摇来晃去。继续走，奈杰尔看见门没上锁。他径直走过去，按响了哈罗德·兰德龙家的门铃。

奈杰尔迈出家门后，他家的电话铃响了。克莱尔拿起听筒，一个沙哑低沉的声音说道："我找斯特雷奇威。"

"他不在家，你是谁？"

"瑞贝卡·兰德龙。你是克莱尔吧？"

---

① 原文为"I HATE MEN"，可指男人，也可泛指人类。
② 引自英国诗人珀西·比希·雪莱的诗歌《当一盏灯破碎了》。

"亲爱的,你难道不该上床睡觉了吗?听声音一点都不像你。"

"我好很多了,谢谢你。詹姆士叫我别起床,但他出去了,我就悄悄地溜下楼了。"

"有什么急事?如果是急事,你可以去哈罗德家找奈杰尔,他刚刚一个人去那里了。"

"好吧,我可以等到明天早上。先挂了,晚安。"

放回听筒,克莱尔站在那里思考了一会儿。然后她披上一件暖和的外套和头巾,匆匆从家里走了出去。

"哈啰,你能来真是太好了。"哈罗德压低嗓音说,"格雷厄姆来了,我想他不会待很久。"

格雷厄姆的光临让奈杰尔始料未及。他们走进客厅时,他也没预料到那里的变化:一尘不染、整整齐齐,不再是疏于料理的样子。格雷厄姆趴在窗户边一个吊床一样的扶手椅里,从窗户望出去,能俯瞰泰晤士河。格雷厄姆向奈杰尔伸出一只手。这让他平日里毫无生气的外貌显得活泼,甚至富有了几分魅力。奈杰尔记得,瑞贝卡或詹姆士跟他说过,小时候,哈罗德和格雷厄姆是形影不离的好兄弟。

"贝姬和我一直竭尽所能去安慰哈罗德。"格雷厄姆说,他们的主人在外面忙着给他们准备茶水,"他不愿住在 6 号,所以我们会时不时过来。"

"我看到了,你姐姐会来这边整理。"

"是啊,偶尔也来给他做做饭。直到昨天,你把她弄得歇斯底里为止。"

哈罗德回来,阻止了奈杰尔的奇谈怪论。在哈罗德给大家倒茶水时,奈杰尔仔细观察着他。他和每个刚失去妻子的鳏夫那样,声音低沉地端茶给大家。那张苍白的脸如此显眼,失去妻子的悲伤也没能让它更显憔悴。他板直的身材一点也没凌乱,一丝无精打采和迷失都看不出。这一点已经超越了大多数和他有着同样遭遇的男人了。如果说他身上表现出什么不同的话,那就是他变得沉默寡言,黑眼圈里的眼神流露出几分警惕。

"我自从……就没见过你了。"奈杰尔为了打破这尴尬的沉默,说道,"我为发生的事感到难过。"

"真令人难过,如果我能抓住那个杀她的凶手……"

悲剧也无法剥夺哈罗德的陈词滥调。

奈杰尔继续说:"我希望你快点好起来,还有许多事等你处理。"

"谢谢你,我会努力撑下去。我在城里的工作没法停下来。工作是止痛剂,尽管我目前还没感受到任何缓解效果。"哈罗德总结道。那副姿态与他已故的父亲有惊人的相似。

奈杰尔看到格雷厄姆的脸上掠过一丝笑容。

"警方什么时候能结案?"哈罗德再次发问。

"我不清楚。但是,他们可能比警方预计的更早结案。"奈杰尔说,他的淡蓝色眼睛直视哈罗德。

"你来之前,我们在谈论哈罗德的不在场证明。"格雷厄姆说,他流露出抑制不住的兴奋。奈杰尔心想,这让他的魅力中带着一些危险的味道。

"我觉得斯特雷奇威来,不是想谈这些事。"哈罗德尴尬地插话。

"我打赌他十分想。"

"什么不在场证明?"奈杰尔问。

"我父亲去世那晚,那通哈罗德听到、却没去接的长途电话。哈罗德,你太幸运了。"

"你怎么老是抓着这件事不放。"哈罗德带着几分谨慎的怨恨说。

"好,那我问你,斯特雷奇威认为,是我杀了父亲和你的妻子。我两个晚上都没有不在场证明。所以,你有一个晚上的不在场证明,自然会让我羡慕。"

"这么说太令人反感了。"哈罗德阴郁地回答。

"你要斯特雷奇威来这儿说什么?"

"私事。"

"我反对。"

现在,格雷厄姆会让奈杰尔莫名其妙想起皮尔斯,想起老人文质彬彬又略带狡猾的举止。很奇怪,他竟能以不同的方式,在两个孩子身上留下他的印记。

"当然。"格雷厄姆继续说,纠缠不休的眼神全程盯住哈罗德,"你能用你的录音机伪造不在场证明。"

"警方很慎重,赖特警长已经反复播放了我的磁带,并且……"

"也许那卷磁带还没被找到。"

"别犯傻了,我亲爱的伙计。警察早就把这间房子翻了个底朝天,看看我是否隐藏了什么。另外，如果我按你说的，在电话边放上录音机来伪造不在场证明，那也太明显了，我会……"

"你们都离题了。"奈杰尔不耐烦地打断，转向格雷厄姆，"如果你指控你哥犯了谋杀罪，为什么不直截了当一点呢？"

"是我同父异母的哥哥，我已经向他说明了我的身世。"格雷厄姆语气嘲讽地说。

"我不明白，你为什么总想揪住我……"哈罗德语气悔恨，"我们过去曾经亲密无间，我过去……"

"你过去很爱钱，即便是那时。"格雷厄姆严厉地说，"你鼓励我从父亲和詹姆士的抽屉里'拿'钱给你，然后给我一定比例的'提成'。真是一个精明的商人！"

"该死！那时我们还小嘛，为什么要提这些年少无知时做的事？"

"你一向喜欢转嫁责任，避免责骂，不是吗？"

哈罗德的脸色在这顿抢白中比以往任何时候都更显苍白："你在暗示我什么？"

"要不是父亲碰巧死了，你现在已经破产了。"

"说够了没有！"哈罗德从椅子上站起身，气得浑身发抖，"无论如何，在陌生人……我们的客人面前这样，真是太不体面了。"

格雷厄姆无声地笑着，连身体都在颤抖。"直到现在还要考虑自己的风度,可怜的哈罗德！'死要面子活受罪',我会给你在《泰晤士报》上发这句讣告的。"

"再来一杯？"哈罗德问奈杰尔，故意不再理会他的弟弟。当他倒水时，奈杰尔仔细观察着他。很明显，哈罗德想单独与奈杰尔说话，而格雷厄姆却丝毫没有明白这些暗示。三个人漫不经心地聊了将近三刻钟，哈罗德终于下定决心，说："格雷厄姆老弟，你该走了，时候不早了。我想和斯特雷奇威单独聊聊。"

"那艘破船，"格雷厄姆看向窗外，说，"它隐藏着什么秘密？你为什么还留着它？感情因素？"

"下个月，它就会被送到拆解场。得了吧，格雷厄姆。"

当哈罗德往门口走时，格雷厄姆从靠窗户的位子上站起身，朝奈杰尔密谋似的投来急迫的目光，头朝码头方向猛地一转，说："我希望很快能再见到你。"

克莱尔透过卡蒂萨克酒馆的窗户朝外凝视。为了催促那些不愿意离去的常客，里面刚刚熄灯。她看见格雷厄姆轻快地经过酒馆门口。

"打烊了，小姐。"酒保说道。

克莱尔走出来，走进刮着大风的夜晚，系紧头上的头巾。奈杰尔可能还在哈罗德的家里。她是该回家呢，还是去把他接回来？她穿着平底鞋往家的方向走了几步，平底鞋在鹅卵石路上悄无声息。然后，她改变了主意。一边转过身朝哈罗德家走去，一边打量着街道对面的房子。有一座房子的门廊很小，似乎无人居住。她溜进门廊，靠在门上，准备等一会儿。

"格雷厄姆真不简单，我都不知道他怎么会变成现在这样。"哈罗德说。

奈杰尔没有接话茬,让这个特殊的话题沉默了一会儿,他才说:"你叫我来有事吗?我不能在这里久留。"

哈罗德·兰德龙已经喝了很多威士忌,又给自己满上一杯。他含混不清地说:"异乎寻常的事。我本来认为,莎伦的死会击垮我。可事实上,说起来有点卑鄙,我倒是像重新做人了一样……那句话怎么说来着?再、再……"

"再现活力。"奈杰尔补充。

"对,活力再现。"

"很好。"

"什么?明白了,我不应该为活力再现而羞愧吧?你实话实说,我能接受。"

"不用。"

哈罗德苍白的脸上流了很多汗:"这儿没别人,我不介意告诉你,莎伦过去常常玩弄我。"

"是吗?"

"是的,她的风流韵事不少。"哈罗德掏心掏肺地小声说,"请保守秘密,老兄。莎伦挺可怜的,她控制不住自己,纵欲过度。毫无疑问,那晚,她勾搭了一个家伙,可惜搭错了车。她有那样的下场我不意外。"

"一个有趣的说法。"

"你听起来不怎么感兴趣啊?到底是谁杀了那个可怜的女人呢?"

"一个极度缺乏现实感的人吧。"奈杰尔答。

哈罗德盯着他看了几次,继续说:"我想说的是,她需要男人,任何男人,然后她找到了我。我不介意告诉你,她把我绑在方向盘上,想转多少圈就转多少圈。你可能认为我很迷恋她。"

"好吧……"

"你当然没错。但从我的角度来看,她和我可怜的父亲,以及瑞贝卡和詹姆士,所代表的一切都不一样。你可能认为我很传统,可就是我这样传统的人,却会对她痴迷。她很出色,和她在一起很愉快。"这位鳏夫继续说,"当然,她非常喜新厌旧。只要是新的东西,她都会像孩子得到新玩具一样兴奋不已。我知道,她觉得我有点守旧,可她还是以一种很滑稽的方式依赖着我。那就是我为什么在她越轨之后,没有将她赶走或有所抱怨。你明白我的意思吗?"

"完全明白。"

"我相信你明白了,你是一个富有同情心的人。我也不能说一开始就喜欢你,我不会和知识分子一拍即合。"

"你更喜欢船。"

"一直喜欢。我说什么来着?没错,我爱我的妻子。但是,满足她,又压抑自己的情绪,真够呛——直言不讳,因为她的风流韵事。这就是要点。斯特雷奇威,直到她去世以后,我才意识到这对我来说是多么大的压力。"他用猫头鹰一般自作聪明的眼神盯着奈杰尔。

"因为压力消失了?"

"绝对如此,你已经说清楚了。最初的震惊过去,我在一两天前的早晨醒来,突然感觉心头的一块巨石被挪走了。我自由了,我感觉再、再……"

"再现活力。"

"我感觉活力满满,站在世界之巅,自由飞翔。我现在想有一艘大船和一颗星星用来导航。"

哈罗德就这样啰唆了一会儿,直到奈杰尔设法让他说回正事。"为什么我要你来?让我想一下,对了,我要多久才能从案子中脱身?"

"脱身?"

哈罗德没有像前面那样啰唆地去解释一番。他只说自己得到一个邀约,三五个朋友驾驶一艘三十码长的小帆船环游世界。"他们想四月或者五月动身,我想和他们一起去。警察没有承诺……和他们打交道的麻烦在于,他们花了这么多时间问了我这么多问题,却喘不过气来回答我任何一个问题。"

奈杰尔指出即便是明天逮捕,司法程序也要拖上几个月的。

"司法程序?"哈罗德问,"为什么我会卷入其中?"

"你肯定会被传唤做证。"

"但我对我父亲的死一无所知啊。"

"还有你妻子的死。"奈杰尔不动声色地看着哈罗德·兰德龙苍白又焦急的脸,哈罗德看上去在说服自己清醒起来。

"我肯定不会忘记这件事。"哈罗德怒气冲冲地说,不失尊严。

"你的生意也不管了?"

"为什么非管不可?事实上,在莎伦死掉那晚和我一起就餐的家伙,他有兴趣接手我的生意。不论如何,我现在不需要赚钱了,我会分到我父亲的部分财产。当然,我会需要借一点来偿还我以前遭受的金融损失,但依然有足够的钱供我生活,既然莎伦……"他顿了一下,看上去很惭愧,马上又坚定起来,继续说,"你知道,她的确花钱如流水。有时候,她让我觉得自己只是印刷钞票的机器。可我拒绝不了她想要的任何东西。"

"不管怎样,你觉得自己获得了新生?"

"我想告别这座城市的一切——伦敦、格林尼治、这座房子。它们留给我的记忆太痛苦了。"

哈罗德·兰德龙的真心话结束了。他明显准备讲一堆伤感而又毫无意义、浪费时间的哀叹之词了。

于是,奈杰尔长话短说:"那天晚上,你有没有尝试重新折回饭店?如果你在黑暗中那样走,或许能记得在图里街哪个地方拐弯的。然后,警察就能够缩小他们的调查范围。"

"也许我尝试过。"哈罗德沮丧地说,"但我怀疑是否会有人注意到我在那里。我记得大多数都是在仓库地区。"

"很好,那很有帮助。"

"还有什么问题吗?"哈罗德喊道,"我永远不会忘记,如果那晚我没喝醉,我本来能及时回家,莎伦就不会出去了。"

"好,我该回家了。刚好11点,我真的要走了。"

第十七章

船舱淤泥

奈杰尔听见哈罗德在他身后锁上了门。他向右转身,开始往家走去。已经起风了:浪涛拍打着河岸,从哈罗德驳船停泊的地方,传来吱吱嘎嘎和劈啪作响的声音。当他走到卡蒂萨克酒馆黑漆漆的窗户下时,他看见一个人坐在河边的栏杆上面。那个角度在布拉斯特码头和哈罗德家房子之间。传来一声不大的口哨声。奈杰尔走到铁链那里,走向那个孤身一人的家伙,他再次感到自己被跟踪或被监视了。

"以为你不会来。"格雷厄姆·兰德龙说。

"你想干什么?"

"嘘！小点声。"格雷厄姆用手指急切地敲打着墙壁，"别让他听见我们讲话。"

"你看，已经很晚了。你刚才一直在这里徘徊吗？"

"是的，我在屋里给你暗示过了，难道你没明白？"

"明白，可现在又不太明白……"

在码头微弱的灯光下，格雷厄姆的眼睛熠熠生辉，兴奋不已。"今天下午，我发现了藏在莎伦号船上、警察一直在找的那卷磁带。至少，我认为就是这个东西。跟我来，我给你看。"

格雷厄姆走下栏杆，越过莎伦号的船舷，跳上甲板。犹豫了几秒钟，奈杰尔还是跟了上去。他们在绞盘中寻找道路，越过几卷绳索和一张油布，来到了主桅前。这里漆黑一片，此时，奈杰尔和哈罗德坐过的房间灯也已经熄灭了。驳船不安地在风浪中向码头边挤撞，船锚发出吱呀声。头顶上的吊索在拍打着，一个铁块在吱嘎作响。

"小心这里，有些甲板不见了。"

格雷厄姆领着他，沿着右舷穿行，扶着防波堤，绕过一片四英尺宽的黑暗地带：从主桅的脚下一直延伸到驳船抬高的后甲板。当他们经过这段窄道时，奈杰尔朝下看了一眼。他能看见一块锯齿状木板，下面就是驳船的船舱。一汪懒洋洋的晃来晃去的水，微微闪光的一堆泥——肯定是那些慢慢渗进来的淤泥。格雷厄姆弯腰进入了主舱口。奈杰尔跟着他，顺着梯子走进黑洞里去，那里原是驳船的主船舱。格雷厄姆用手电照着发霉的油松墙壁，墙上挂着一本破烂不堪的旧日历。前端就是奈杰尔看到的那个锯齿状的木板。

"有些地板不见了。"格雷厄姆说,熄灭了手里的电筒,"别到那头去,否则你会掉进舱底。哈罗德从这儿和甲板上移除了几块木板,它们都烂掉了,他也没时间去调换。你带武器没?"

"带武器?我的天,没有,为什么要带?"

"我们可以对付哈罗德。"

"为什么我们必须要对付哈罗德?"

"你今晚脑子转得很慢啊,你难道没听到我给你暗示磁带和驳船吗?我想我把他刺激得差点就以为自己露馅了。就像你对付我那样。他会猜到,我们离开之后都会去寻找那盘磁带。"

"我明白了。"黑暗中,奈杰尔可以感觉到那个年轻人满脸兴奋地看着他。格雷厄姆继续说他对这盘磁带的思考,这盘磁带让哈罗德伪造出在皮尔斯医生死掉那晚的不在场证明。后来,他终于想起这里有一块松动的木板,后面有一个很浅的坑洞,哈罗德曾在船舱里指给他看。

"放好磁带,他用钉子钉上了。但我今天下午发现它完好无损。"

"这种揭露秘密的方式真是戏剧化。"奈杰尔平静地说。

"好吧,如果你不感兴趣的话……"格雷厄姆的语气有点暴躁起来。

"我感兴趣,感兴趣。你这样做,也许是为了向警方和我来吹嘘,这确实是你的功劳。很奇怪,警方怎么没发现这个隐藏地点。"奈杰尔继续说。

"他们从没想过来这里寻找磁带。"

"你是怎么想到的?"现在,奈杰尔已经适应了这儿的黑暗,可以看清坐在地板上格雷厄姆的身影了：他后背靠在舱壁上，双手插在口袋里。这时，传来一声巨大的撞击声，驳船轻轻地晃动了一下。

"我说，"奈杰尔小声说，"会不会是哈罗德跳上了甲板？"

"别紧张，只是船舵。那是一个很重的船舵，叶片从绑扎物上松脱了，因此船舵就会在汽船波浪来袭之际敲打码头的河岸。"

"你认为哈罗德为什么要隐藏磁带？"

"那还不明显吗？如果找到磁带，他就没有不在场证明了。"

"为什么一定要藏起来呢？而不是烧毁它，那些磁带很易燃，光是倒带就能擦掉那些痕迹。"

"天晓得为什么，我又不是哈罗德的心理医生。我能说的就是，控制板后面有一盒磁带。如果你不信任我，你就自己去找。"

"我现在认为确实有。"

"'现在'？你是什么意思？"

奈杰尔平静地告诉他："警方几天前已经彻底检查过这艘船，他们没发现磁带。不管怎样，我还是亲眼来看看比较好。"

"你自己看。"格雷厄姆晃动着手电筒光柱，照着松脱的控制板。奈杰尔走过去，卸下控制板，取出那卷立在后面的磁带。

"我和你说什么来着？"格雷厄姆得意洋洋地说。

"这里确实有一盒磁带，是你伪造的磁带，里面有电话铃响声。"奈杰尔掂量了一下磁带的分量，他作势要将磁带扔进舱底，然后又把它放进外套口袋。"你是我碰到过最愚蠢的谋杀犯。"

克莱尔在空无一人的门廊处看见,格雷厄姆在离开五分钟之后再次出现在她视线的右边。他肯定是从拉塞尔大街过来,穿过佩尔顿路,回到河岸边。她呆立在门廊里。当格雷厄姆经过她前面时,那里恰好是路灯的阴影区。他阔步走着,丝毫没有躲闪的意思,一直走到布拉斯特码头。在那里,他消失在布莱尔的视野之外,脚步声也停了下来。他在等人,那个人只能是奈杰尔。

大约二十分钟后,哈罗德家的大门打开了。两个人互道晚安,奈杰尔出来了。格雷厄姆的行动看上去光明磊落,尽管克莱尔知道,他是两案在身的凶手(至少奈杰尔相信他是)。格雷厄姆今夜想搞点事端出来。然后,她想起莎伦是如何被勒死的,就在离她五十码远的那条黑暗小巷子里,和今晚同一时间。克莱尔悄无声息,跟在奈杰尔身后,听见两人和气地谈话,准备伺机向他发出警告。她停下脚步,风吹动着她的头巾:奈杰尔肯定知道他想做的事……就让他自由发挥吧,别去干涉。

克莱尔顺着墙小心翼翼地看过去,她看见奈杰尔跳离了码头,跳上那艘破旧驳船的船首。她站在那儿,犹豫不决。是把卡蒂萨克酒馆里的人敲醒,告诉他们奈杰尔正和一个杀人犯待在船上?还是回家,让奈杰尔独自完成他的神秘计划?或者给警察打个电话?犹豫片刻,克莱尔走到河岸边,悄无声息地跳上了驳船。

"你是最愚蠢,最业余的侦探。"格雷厄姆学童一般反唇相讥,"都不随身带武器!"

"你怎么知道我没带？"

格雷厄姆打开电筒，光柱持续照在奈杰尔身上。

"你带不带都无关紧要。我有一支左轮手枪，我要是看见你把手伸进口袋，我就立马开枪打死你。"格雷厄姆用手电筒照了一下另一只手上拿着的左轮手枪，"走到后面的地板边缘，给我坐下。我可以随时随地杀了你，但我想让你先出出汗。"

手电筒的光柱照在奈杰尔的眼睛上，他闭上双眼。

"你在祈祷？"格雷厄姆讥笑道。

"你究竟为什么要约我过来，然后开枪把我杀掉？"奈杰尔愤怒地问。

"好玩。"

"左轮手枪的动静会被人听见……"

"那可不一定，你听。"

这艘破旧驳船在大风中晃荡，索具与船身吱嘎作响，发出低沉的声音。时不时地，船舵的大力敲击令船身的木头晃动。罗威尔码头那里停泊的空货船相互碰撞，发出轰鸣。

"即便听不见，你也不会犯下第三宗谋杀案而逍遥法外。"

格雷厄姆沉闷的语音里现出兴奋的腔调："结论别下得太早。我开枪之后，会把你的身体从你身后的位置扔下去，然后你会掉进淤泥里，泥很深，我通过声音判断的。接着你会窒息而亡，因为我不会一下子打死你。你的尸体沉入淤泥,消失不见,可能永远不会被找到了。"

"你真是卑鄙无耻，可怜的孩子。"

"你竟敢对我趾高气扬！"格雷厄姆倏地愤怒起来，"你应该匍匐着爬到我跟前。我马上就叫你爬着走。"

"好，如果你打死我，处理了我的尸体，哈罗德可以做证，你在我走之前没多久离开他家的。别人肯定也看到你在附近徘徊，你可别再指望还有上次你勒死莎伦时的好运气了。你能伪造什么样的不在场证明呢？没有，我告诉你。我打赌你制订了幼稚愚蠢的计划，让你的哥哥姐姐处于嫌疑之中，如同你在莎伦谋杀案中的所作所为。"

"没那么傻，你一开始就低估了我。那个错误令你今天落入了我的手心。"

"我可没低估你。一开始我就把你看做是潜在的危险人物，一个难以治愈的精神病患者。事实上，我刚才还和哈罗德讲，凶手极度缺乏现实感。"

"别说那些别人听不懂的话了。"格雷厄姆冷冰冰地说，"我有足够的紧迫感要除掉你。"

奈杰尔的双眼在手电筒光柱无情的照射下闭了一会儿，他闻到了废弃驳船中弥漫的味道：淤泥、曾经运载的谷物、腐烂的木头，或许还有格雷厄姆·兰德龙身上的气味。

这位年轻人还在吹嘘他的计划："哈罗德告诉我，你今晚要来，我就先到他家了。我在客厅打了一个电话，在那里他听不见我讲话……"

"打给谁？"

"还能是谁，你的情人还是管家？你随便怎么称呼都行。"

"克莱尔·马辛格?"

"是的,你的——克莱尔·马辛格。"他的声音如此冷漠,言辞如此恶毒,奈杰尔大为震惊。

"我装成是瑞贝卡,完全骗过了克莱尔,知道你已经离开了家。我说詹姆士去某个地方了。当警察明天来寻找你,他们又将找到同样的嫌疑人:哈罗德,你最后在他家出现的;詹姆士再次外出了,或许去看病人,或许不是;贝姬从床上爬起来给你家打电话,得知你去了哪里,也许躺在家里等你呢;至于我嘛,我一定会给自己留下确凿无疑的不在场证明。"

"孩子,你错就错在说话太多。当你喋喋不休谈论自己的小聪明时,至少有一个人已经上到了甲板,正在听你讲话——就在我头顶上方。"

这句话起了效果。格雷厄姆的眼睛向上看,手电筒光柱摇曳着。但这点时间还是不够让坐着的奈杰尔一跃而起。

"完全是无效的虚张声势。"格雷厄姆洋洋得意地说。

克莱尔及时地缩回了脑袋,避开了手电筒光柱。她十分清楚,自己正处于绝境之中。如果她大声呼救,格雷厄姆会立即开枪打死奈杰尔。如果她去找人帮忙,奈杰尔有可能在她回来之前就被杀害了。

除此之外,她还能怎么办?格雷厄姆在船舱另一边,上面有甲板保护,倒是奈杰尔,他的脸在手电筒光柱之下像苍白的圆盘,正好坐在甲板木头移除的豁口下面。唯一能打到格雷厄姆的角度,就是从甲板的豁口尽头斜对角射击才行。克莱尔没有趁手的枪。如果格雷厄姆能被引诱到甲板盖底下,或许她能用重物砸中他的脑袋。她悄悄在驳船上潜行,摸索着找寻重物,可它们全都牢牢地固定在甲板上。有一个后舱门,她能不能在格雷厄姆听不见的情况下过去,再向前摸索到主船舱?不,一点希望都没有。她也没有手电筒,无法去寻找任何通道。

克莱尔的脑子麻木了,她的脸贴着甲板,无助地哭了起来。不知过了多久,历经了茫然的绝望,克莱尔意识到她的右手握着一捆绳子。拿着它,她又爬回甲板的长裂口那里去。那两个人还在讲话。谢天谢地!克莱尔开始用冰冷的手指解开绳子。

奈杰尔还在说话,不是因为绝望,而是出于动物的求生本能。不带武器就跟格雷厄姆进入驳船,当然会有危险。但他仍然要赌一把,好让对方摊牌,让自己赢得这场赌博。本来可以不用冒这么大风险——赖特向奈杰尔保证过,会派人跟踪格雷厄姆。格雷厄姆肯定摆脱了盯梢。也许,笨手笨脚的便衣特工还在码头边等格雷厄姆和奈杰尔从驳船里出来呢。

"你杀了莎伦。"奈杰尔说,"因为她已经告诉我们一切了。你对她怀恨在心,你这个恶毒的魔鬼。"

"继续说,你的话真好笑。"

"她告诉我,她在你房间等了十分钟你才出现。你们在床上时,你趾高气昂,举止疯狂,处于一种奇特的兴奋之中,就像你今晚在哈罗德家表现的那样。你从杀戮中得到了极大的快乐,不是吗?"

"你渴了吧?"

"第二天早上,当你发现尸体不在浴室里,你的惊讶和张皇失措不可救药地暴露了你。万幸,你母亲没看见你成长为一个嗜血如命的杀人狂魔。"

手电筒光柱晃动了几下,奈杰尔可以想见格雷厄姆脸上的表情会是怎样。

"不要提我母亲,你这个……"

"很好,那我们说说你的父亲。你发现了他的日记。保险起见,你留下了日记的残页,那会让他看上去像是自杀。当我对你生起疑心,你就主动拿来给我看。那倒是一个很大胆的举动。"

"谢谢你,要我记下来吗?"

"你想等一个合适的机会,杀了你父亲,让别人以为他是自杀。同时,你又想让他尽可能处于不安之中,让他苦熬到底。"

"就像我现在对你做的一样。"

"你看到瑞贝卡那晚在你父亲的咖啡里放了安眠药,认为机会来了。你介意我们从那里开始说起吗?"

"那很简单,我上楼,发现他睡着了。我在浴缸里放好水,脱去他的睡衣,当然戴着手套,把他放进浴缸。然后,我在水中切开他的手腕。疼痛让他略微苏醒,立刻认出了我。"格雷厄姆用恶毒的满足感继续说,"在他垂死之际。"

"你一直都想用那种方式杀了他,不是吗?"

"这话什么意思?"

"让他的血流尽而死,像你母亲大出血而死一样。'理想的赏罚'

正好符合你未发育的儿童心理。至于为什么,你昨天才对瑞贝卡说过,'他诱奸了我母亲,让她流血并且饥肠辘辘地死去'。你不再说'她流血而死',可你忘不掉这句话。我毫不意外,你用廉价小说中的手法指控瑞贝卡用她母亲的丝袜杀人。"

"那个女人我也想杀,我是说他们的母亲。"

"你可以把她的尸骨挖出来,吐上几口唾沫。很对你胃口,不是吗,孩子?"

格雷厄姆呼吸中带着喘息,然后他说:"你想激怒我,好让我来打你,你再来抢我的枪。别天真了,你都不知道你自己正面临什么境遇。你倒不如承认,我事事都胜你一筹。"

奈杰尔心想:太奇怪了,在我人生最后几分钟,地板下的水汽渗上来,让我的外套变得湿漉漉的。一个让人生厌的结局!

"你觉得自己是心思缜密的英雄复仇者。"奈杰尔说,他意识到自己的腔调里带有几分不合时宜的说教味,"那是另一种典型的错觉,就像你以为你可以犯下这些罪行然后逍遥法外一样的错觉。"

"那可能不是错觉。不过呢,我也不在乎这些。"年轻人带着不置可否的真诚说,"正因如此,我才是危险人物,目前为止运气还特别好。我只想让父亲流血而亡,我才不在乎自己会怎么样。"

"我曾问过你,有什么志向没有。你说想成为一名一流的爵士钢琴家。可当时你的神情已经暴露了你的秘密,你已经志得意满了。你别高兴得太早。杀掉父亲就算是报仇成功吗?那是彻头彻尾的错觉。你以当一名冷酷的复仇者为傲,是吗?"

"子弹射进哪里最疼？"对方沉浸在自己的幻想中。

奈杰尔继续说："事实上，你的怨念让你堕落了。你自欺欺人，骗自己说这样做是为你母亲报仇。但那不是事实。你母亲去世后，你童年遭受的苦难，现在又要发生在你身上了——你那时无法接受那些苦难，其实许多孩子都经历过和你一样的苦难，甚至更糟，可人家也没成为没有出息的、自怨自艾的暴徒啊！你这人只考虑自己，你杀掉父亲，说到底，是想得到属于你的那份遗产……"

"一派胡言！"格雷厄姆失声尖叫。

"为了支撑你可怜的自尊，如果为了满足你的所好，你也会将你的母亲割喉。"

随后的沉默显得格外漫长，格雷厄姆身上似乎正向外溢出浓硫酸，侵蚀着他靠住的潮湿舱壁，让它们变得腐烂不堪。奈杰尔不再说话，他浑身都是泥，整个人筋疲力尽，恼怒不已。他倒没觉得害怕。大风吹来，驳船持续发出嘎吱的声音。头顶上，吊索在咯咯颤动。

"我要一枪打爆你的鼻子。"格雷厄姆情绪饱满地小声说，"要么射中你的胃。"手电筒的光柱继续下移，"要么打碎你的膝盖骨。"光柱在奈杰尔的膝盖上停留，"跪下。"

"什么？"

"给我爬过来。如果你跪下，求我发发善心，我就一枪爆头，让你痛快地死。不然的话，我就让你慢慢去死。"

"看你手抖那么厉害，除了舱壁之外，恐怕什么也打不中吧？"

"别废话，爬过来。"

奈杰尔打算从地板上起身,他现在手脚并用,正准备屈腿做一个短跑姿势,好向格雷厄姆扑过去。对方已经从船舱另一边过来,离他只有几英尺远了。他摸到了地板,感觉黏糊糊的。他的肌肉痉挛起来,地板没法作为扑向敌人的弹跳支点。奈杰尔脑海里快速闪动着一个念头,他会为自己在詹姆士·兰德龙身上开的玩笑而付出代价。

另一边,克莱尔在绳子顶端打了一个活结和套索,再将另一端围着固定的支撑绕了一圈。现在,她趴在甲板豁口边上,耐心地等待机会。她在心中祷告格雷厄姆能从船舱另一边走到甲板盖底下。她听见了他的威胁,看见手电筒光柱照在奈杰尔的脸、肚子和膝盖上。最后,格雷厄姆开始走了,几乎就站在她正下方。

用一个玩套圈游戏的姿势,克莱尔抛出了绳套,准准地落在格雷厄姆的脑袋上。绳套下落时掠过他的眼睛,阻碍了格雷厄姆的瞄准射击,但也让他在惊吓之中扣动了扳机,子弹向右射高了一点。开枪前那一刻,奈杰尔已经直起身,跳了起来,子弹恰好击中他的左肩。

子弹的冲击力让奈杰尔向后打了一个趔趄,从破地板边缘掉进货舱里去了。克莱尔拽住绳套的松弛部分,将它系牢,然后从甲板豁口跳到船舱里。套索紧紧圈住了格雷厄姆的脖子,克莱尔晃动拉紧的绳套,让他的双脚离开地面,勒得他喘不过气来。格雷厄姆丢下手电筒和左轮手枪,用手胡乱抓着套索,他踮直脚尖,试图够到地板,那样子活像是一个乱抓乱挠的提线木偶。

克莱尔流着眼泪,在湿滑的地板上摸索着找手电筒。不幸中的万幸,手电筒里的灯泡没摔碎。她跑到地板边缘,照亮了奈杰尔的身体,只见他脸朝下,躺在淤泥里,整个人一动不动,正在慢慢下沉。克莱尔跳了下去,淤泥就像巧克力奶冻一样泛着光。她陷了进去,试图挪动双脚,可淤泥很快就抵达了她的大腿。她试图抓紧奈杰尔的肩膀,但双脚却在光滑的驳船船底打起了滑。

克莱尔把手电筒衔在嘴里,经过奋力挣扎,总算将奈杰尔的身体翻了过来,将他满是淤泥的脸朝上露出来。她拿下头巾,开始清理奈杰尔鼻孔里的淤泥。她不知道他是死是活,只知道她必须清除掉他身上像黏粥一样的淤泥。克莱尔急迫又温柔地和他(或是他的尸体)小声说话:"亲爱的,我是克莱尔。快醒过来吧,你会没事的。求求你,醒过来吧!"

奈吉尔被糊住的眼皮跳动了几下,他的眼睛睁开了,嘟囔道:"该死,快把手电筒关了。"

"谢天谢地!是我啊,亲爱的。"她扶着他,靠在自己身上。奈杰尔的双腿没有力气,陷在淤泥里出不来。

"我没法支撑你太久。"克莱尔绝望地说。

"亲爱的克莱尔。"奈杰尔安慰地叹了一口气,仿佛准备沉沉睡去。克莱尔猛烈地摇晃他的身体。

"该死,弄疼我了!亲爱的!"

不管怎样,克莱尔让奈杰尔清醒了过来。

"子弹打中你哪里了?"

"肩膀。"奈杰尔身体一缩,说,"我们现在怎么办?"

克莱尔用手电筒照着舱底,光柱所照之处都是平坦的淤泥。她刚跳下去的地板离她只有咫尺之遥,她完全可以爬上船舱喊人救援,可当她去叫人时,奈杰尔会再次陷进淤泥。而且他太重了,克莱尔一个人没法用绳子将他拽上来。裹住她大腿那些冰冷刺骨的淤泥让人感到致命的寒意。

奈杰尔睁大眼睛,问:"你为什么不喊救命?"

克莱尔这才意识到,在刚才那紧张又恐怖的几分钟里,她竟然忘了喊"救命"。

她铆足力气,用最响的声音反复大叫"救命",她感到自己的呼救会被大风刮走,淹没在吊索的叮当声和船舵沉重的撞击声中,永远穿不透这座由淤泥和朽木组成的阴森坟墓。

呼救声最终被哈罗德·兰德龙听见了,他冲出家门,向码头飞奔。

所有人都已经筋疲力尽,克莱尔听见了哈罗德的叫声,接着是他沿甲板奔跑的脚步声。奈杰尔提高沙哑的嗓音向营救者警告:"小心,他有左轮手枪!"

"亲爱的,没事。"克莱尔说,"他已经用不上了。"

"格雷厄姆?他一定会开枪,除非他逃走了。"

克莱尔咯咯笑着说:"别这么大惊小怪,他逃不走。"

"你到底什么意思?"

"我把他……我已经把他吊死了。"

第十八章

落幕：曲终人散

格雷厄姆知道了一切真相。他没猜到的，我也都告诉他了。

几天前的晚上，他走进书房，问我："你是我亲生父亲，对吗？"我承认了，问他怎么发现的。他好像去了波普拉地区或米尔沃尔地区（去那干吗？），和米莉的某位女性友人打听到的。他由此推理出了真相。之前他已经发现了米莉寄给我的那些信。

他指控是我害死了她。我说那是胡扯。他突然眉飞色舞地讲起他母亲最后的日子。他说的每句话都像刀子割在我的伤口上，不过我没让他看出我的情绪波动。如果他知道他的话让我如此恐惧，我本会情绪崩溃，求他原谅的。但他就像一个人对着自己的朋友喋喋不休，故意告诉他一些恶意的事——就是让朋友不快，享受他的不快。因此，我的自尊心不容许我情绪崩溃，那样只会纵容他的好奇与恶毒。

自尊心让我回避珍妮特。珍妮特很正直，但占有欲很强——她才是整个事件的反面人物，她截留了那些米莉在弥留之际写给我的信，把它们藏了起来。我永远不会原谅她。

我与珍妮特不可能和解，我承认。因为，当我给米莉的汇票被邮局以"查无地址"的理由退回来时，我总觉得米莉会直接给我写信的。是的,我隐约察觉到,珍妮特向我隐瞒了什么。她对我的态度有所改变，而且不加掩饰。一段时间后，我就随便她了。我内心感到释然，我不必将和米莉的风流韵事公之于众了。

我对格雷厄姆一句话也没说。用珍妮特的行为作为自己的借口或缓冲，将是无法用言语描述的卑鄙之事。

或许，我一开始就该否认我是格雷厄姆的亲生父亲？我真希望我那样做了。我无法接受我生出了像格雷厄姆这样的儿子。米莉内心闪光发亮，像金子那样。所有格雷厄姆的可怕品行，恐怕都遗传自我。

看在米莉的分儿上，我愿意爱他，尽力娇惯他。他却将我的好心当成了驴肝肺。他到家才几个月，就开始偷东西。然后就是他被学校开除，我很震惊。我看透了他的本性。可我依然相信，米莉生的孩子不是坏孩子，他不会无可救药。我把他的问题归结为母亲死后经历的那些苦难。

是的,我确实喜欢他,他的独立、不妥协、身上偶尔闪现的魅力——

会让我想起米莉。最重要的是，他很机敏，而且聪明过人。詹姆士和贝姬的性格都不错，却会让我烦心。哈罗德在这个家里缺少存在感。至少，格雷厄姆从没令我厌烦过。

既然他们说我的时日不多了（我不会把格雷厄姆不当回事），我开始将我这辈子看成是一出劣质的希腊悲剧，充满了是非与讽刺。我的性格缺陷，我那些致命的缺陷，让我玷污了纯洁的米莉，那是一切悲剧的源头。如果那一切没有发生，格雷厄姆就不会出生，米莉也许还能活着。如果格雷厄姆没有出生，就没有那些被珍妮特截留的信件了。如果珍妮特没有发现米莉，我们婚姻的最后岁月也不会搞成这样。我抹杀了往昔岁月，搞僵了詹姆士和瑞贝卡与我的亲子关系。他们的母亲孤单地去世，这件事他们永远都不会原谅我。如果珍妮特没死，瑞贝卡就不会喜欢上那个江湖骗子巴恩，哈罗德就不会娶那个女色情狂。从本质上来说，这些统统是我的报应，一种求之不得的解脱。

难道我和米莉的风流韵事造就了如今的局面？在家庭和职业的重重束缚之下，一个顾家的男人、一个中年医生，最后一次疯狂短暂的情史。

不，不只那些，那场感情远超风流韵事的范围。我现在明白了，那是纯粹的冲动，没有丝毫算计与自私自利。1939年的晚秋，米莉走进我诊所那一刻起，我就迷上了她。只要我爱着她，我就什么也不在乎：不在乎我的职业，不在乎我的家庭。你看看，我们冒了多大的风险！我胆战心惊，就像生死未卜的士兵，最终，一切化险为夷，我们的事从未被人发现。

啊，真的化险为夷。那位姑娘在贫民窟长大，多美的一朵花。她是多么热情、优雅甜美、富有同情心！她是多么忠贞不渝！不，我不是在美化她。在那个不可思议的夏天，我在我们秘密约会的地方接她上车，开着车带她到肯特酒馆。

婴儿出生以后，我知道闪电战快要爆发了，于是我不负责任的时间开始了。当人们知道幸福转瞬即逝，他们会榨干最后一滴幸福。

那以后，我的生活就乱了，没有真正的生活了，只是勉强活着。

当我告诉米莉，为了孩子，她必须在闪电战开始前搬出伦敦，她向我展示出令人心碎的顺从和绝对的信任！她只是默默流泪，没有一句责备，连一点责备的暗示都没有（多少女人能做到这一点？）。她可能以为是我玩腻了她，或用她的安危作为借口，来结束会危及到我事业的这段感情。

因此，她就这样走了，她本来会成为我的连累——然后她流落街头，生病死了。天啊！老天一点甜头都不给她。我试图忘掉她，在枪林弹雨中逞英雄。我只想找死，可一再化险为夷。这些都是二十年前的事了。

要是我其他孩子们知道了这些事，他们会怎么样？长久以来，父亲在他们心中是一个愤世嫉俗、世故老成、要求严格的人，他们会不会就此改变看法？或许不会。他们顶多将此事看成：一个卑鄙的男人在中年危机时偷偷迷恋上风骚的年轻女人罢了。

假使格雷厄姆能让我相信，他有慈悲之心（不指望和他母亲一样，那是一种奢望），一种能体恤他人的同情心，我也就不介意了。如果他能像我喜欢米莉一样，去喜欢一些积极的东西，愿意为此冒一切风险,而不是恶毒冷漠地执着于讨要东西的话,那他也还是有希望的。就算他杀了我,我也不会白死。我并不相信他对母亲怀有那么深的感情:他只是争强好胜,是他自己,而不是米莉让他变得如此记仇。

当然,我刻意视而不见。我宁愿从他身上寻找米莉的影子,通过他怀念米莉。不然的话,很多年前,我已经看出他精神有问题了。现在说什么都太晚了。

他懒洋洋地坐在椅子里,腿压着胳膊,一边看我的灵魂遭受煎熬,一边跟我讲他母亲最后的日子——这个小畜生,他多享受这一幕!然后是轮番的威胁:不是直接,而是间接的、含沙射影的威胁。施虐者玩的猫抓老鼠的游戏。用不着敲诈,我就会给他想要的东西。可他既不提钱,也不提名。我觉得这出闹剧对我不起作用了,直截了当地问他:"你是要谋杀我吗?"他噘着嘴,心里算计着,洋洋得意地答:"你不该活,是吧?我跟你讲了这么多,你不会再想活下去了。我想,你也没多久活头了,父亲。"然后他对我笑笑,走了出去。

我该怎么做?现在,我累得写不动了,更别提看清我前面的路了。也许我明天能接着写,如果我明天还活着的话……

好了,他想杀了我。我必须让他杀了我。我已经躺好了,那就是我的结局。我欠他的——或者不如说,欠她的。

我希望,当那一刻来临时(今晚?明天?还是下周),我能咬紧牙关,决不抵抗——殊死搏斗并不体面。可我做得到吗?有意思的是,大家常说"人定胜天",但在我的经验里,老天每次都会占上风。

我敢说,一切取决于手段。下毒?药房里的毒药足以撂倒我一半的病人。毫无疑问，他想亲眼目睹我断气（正义必须得到伸张，以眼还眼、以牙还牙），这是我们犹太人的血性。他可能会担心我在临终前揭发他，但他并不知道，我已如待宰羔羊般准备好赴死。

还有什么手段呢？子弹、匕首、扼杀、毒气、钝器，或是一把推入河中？手段太多，防不胜防。

我了解他，他的手段必然冷漠狡诈，而且得罪罚相当：这意味着他情感迟钝，心智晚熟，像孩子一样笃信着民间诗篇里说的惩恶扬善。

哦，我的孩子，我们的孩子。

我是否应该恳求他，不为唤醒他的同情（据我留意，他早已铁石心肠），只为他的利益？那会是自取其辱。更糟的是，自取其辱也是徒劳，因为他太过无情。不仅要听他怎么说，还要看他怎么做，怎么看：我在伦敦东南地区算不上出色的出诊医生，但那又怎样？我总能一眼看出疾病的致命之处——人的身体里隐藏着"死亡蠕虫"，死神来夺命时，他会率先提起虫子的头颅。现在，我知道了，一个人看到另一个人将死，他会是什么样子——只有受害者才能看见，但大部分受害者压根看不出来。

他现在一心利己，只为利己。这个偏执狂。让他来吧，来毁灭我。

不要被人杀死，但不必为了苟活而苦苦挣扎。

是的,很好笑,也很无畏。但这样做道德吗？为了所谓的正义——他和我之间的私人恩怨，眼睁睁让他来杀我，称得上是件好事吗？难道我不应该先保护好自己免受他的伤害,从而保护他免受他自己的伤害吗?伦理上来说,这是一个漂亮的论点。

如果你相信灵魂不灭,相信永恒的诅咒,那么没有问题。可我并不信那些玩意儿。

如果我爱他,爱会向我指明答案。但我显然不爱他:他对我来讲,是一道枷锁,一道美丽却令我几近窒息的枷锁。

无论如何,我究竟该如何保护自己呢?我既不能整日枕戈待旦,也不能每餐都拿去化验啊!

珍妮特对于我的窘境该多么欢欣鼓舞啊!还带着一点罪孽感和复仇感,行善积德,如此等等。不,我不应该嘲弄可怜的珍妮特(毕竟我也有一半苏格兰血统)。她已经尽力了:给我钱,给我生孩子,还给我打理屋子,打理得井井有条。

让我直面它吧,我掩饰不住自己的平庸。一个死到临头的男人,不应该再率性而为了。

我在想,等我死了他们会怎么处理我的钱财。詹姆士会存起来,哈罗德会乱花一气,贝姬会嫁给那个一文不名的小丑。那么格雷厄姆呢?他该如何花这笔钱呢?每个人交完遗产税,能分到三万英镑。还没算我的人寿保险赔偿金呢!他们又可以瓜分多出来的八千英镑。

除非……天哪,对了,就这样!我要先发制人。如果我在谋杀发生之前死去(为什么我之前没想到),那么一切迎刃而解。他不用变成杀人凶手就可以伸张正义。古罗马人拔剑自刎来摆脱麻烦,可我没有剑。就算我有，我这么单薄，也会被剑锋弹回来。那么就用佩特罗尼乌斯那样的享乐主义方法吧，安乐死。是的，这就是答案。

我不认为这是赎罪，我只是为了拯救他。我的意思是，安抚她的游魂。也许对个人的内心安宁来说，赎罪有必要，但对局外人来说，赎罪毫无意义。

没有任何东西可以改变米莉的命运。她的悲惨生活，她的大出血，没有回应的求助。她的绝望，她的死亡，将我四十年的行医生涯一笔勾销。人们会成群结队地来参加我的葬礼。他们会赞颂我是一位好医生。可他们不会知道，在我入土的很多年前，我就死了。

好累，好累。再也写不动了。我还在想昨天晚宴上斯特雷奇威和马辛格小姐的感受。我得赶紧动手。但我今晚太累了，没法去自杀。自杀恐怕需要付出更多决心。

米莉啊，米莉。第一次见到你，你在一群病人之中，坐在木椅上。你有圆圆的脸，苗条的身材，金色的头发，像一朵黄灿灿的水仙——既寻常又独特，令人满心愉悦。我们之间充满信任，绝对的信任。你遭到了背叛，留下我这个老头的浑身颤抖与令人作呕的愁绪。格雷厄姆会怎样讥讽这一切！

但是，我唯一爱过的米莉，我们在一起的那段岁月，是我工作以外用心生活的岁月，因为我全身心地扑在你身上。即使那是一种幻觉，它也比一辈子保持清醒更值得。

可我还是送走了你——我安慰自己，我的动机并不自私，是出于好意。那也意味着我慢慢清醒过来……不，是慢慢回到因循守旧的沉睡之中。我慢慢回归了"正常"生活，回归到他人期待我的那副旧模样。

　　我的爱人，是你纯良的天性接纳了我，原谅了我。如果你还活着，我不会去寻求你的原谅。但你死了，我无法原谅自己……

图书在版编目（CIP）数据

夺命蠕虫 /（英）尼古拉斯·布莱克著；杨永春译
. -- 上海：上海文艺出版社，2023
（尼古拉斯·布莱克桂冠推理全集）
ISBN 978-7-5321-8713-3

Ⅰ.①夺… Ⅱ.①尼… ②杨… Ⅲ.①推理小说-英国-现代 Ⅳ.① I561.45

中国国家版本馆CIP数据核字（2023）第042930号

夺命蠕虫

著　　者：[英]尼古拉斯·布莱克
译　　者：杨永春
责任编辑：陶云韫
装帧设计：周艳梅
版面制作：费红莲
责任督印：张　凯

出版：上海文艺出版社
出品：上海故事会文化传媒有限公司
　　　（201101上海市闵行区号景路159弄A座3楼www.storychina.cn）
发行：上海文艺出版社发行中心
　　　（上海市闵行区号景路159弄A座2楼206室）
印刷：上海中华印刷有限公司
开本：889毫米×1194毫米　1/32　印张8.625
版次：2023年6月第1版　2023年6月第1次印刷
ISBN：978-7-5321-8713-3/I.6863
定价：45.00元

版权所有·不准翻印

上海故事会文化传媒有限公司出品（01122）www.storychina.cn
想看更多精彩故事？扫码下载故事会APP

上海故事会文化传媒有限公司所有图书可办理邮购，免收邮费（挂号除外）
汇款地址：上海市闵行区号景路159弄A座2楼206室（201101）
收款人：上海故事会文化传媒有限公司出版发行部
联系电话：021-53204159
如发现本书有质量问题，请与印刷厂质量科联系T:021-60829062